I0621355

LA MUERTE Y OTROS RELATOS

LA MUERTE Y OTROS RELATOS
[CUENTOS]

Elkin Javier Calle Cortés

PRIMER PUESTO CUENTOS

VIII Concurso Nacional de Novela y Cuento

Cámara de Comercio de Medellín para Antioquia

© Elkin Javier Calle Cortés
© Cámara de Comercio de Medellín para Antioquia
ISBN 978-958-98290-0-4

Primera edición: Agosto 2007

Diseño de cubierta: Agustín Vélez Álvarez
Diagramación: Taller de Edición
Fotografía cubierta: Vladimir López G.
Impresión: Litotipo Ltda.
Primer puesto categoría Cuento.

ELKIN JAVIER CALLE CORTÉS
    LA MUERTE Y OTROS RELATOS

1 ed. Medellín: Cámara de Comercio de Medellín para Antioquia, 2007.

150 p. ; 21 cm.

Primer puesto. VIII Concurso Nacional de Novela y Cuento
Cámara de Comercio de Medellín para Antioquia

1. CUENTOS. Título.

ÍNDICE

LOS GERANIOS

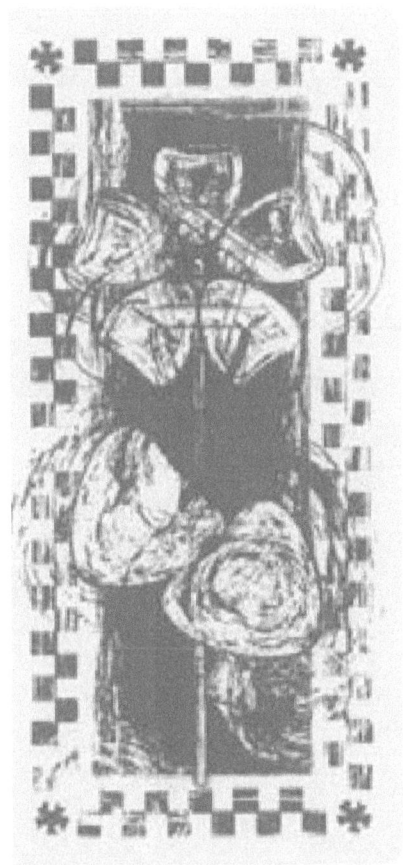

ABUELA OBSERVABA LA LUZ DE LA TARDE PONERSE LENTA sobre los geranios. Entonces parecía que toda una vida pasaba veloz por sus pupilas y entendíamos ese asomo de nostalgia colgándole en la mirada, aquel gesto escapado de algún remoto lugar de su memoria. Abuela se iba columpiando en su mecedora de mimbre al mismo tiempo que enhebraba caricias en la cola enorme y esponjosa de Marquesa, una gata angora que le había regalado don Guillermo. Afelpado sobreviviente de un episodio de soledad prolongada al que por años estuvo sometida, Marquesa era apenas un objeto más en aquella casa donde el tiempo parecía demorar su marcha. Abuela jugaba a desatar desde la distancia los recuerdos sin ceder nunca espacio a la tristeza. Era un trozo de madera antigua, un rinconcito tibio, nuestra casa y nuestro patio, único refugio cuando al apretarnos contra su pecho oloroso a musgo y a yerbabuena nos alimentaba la esperanza y la ternura arrullándonos con su sonrisa de campanas. Abuela entonaba para Ana María un extraño repertorio de canciones, tonadas agrestes desgranándose en susurros minúsculos, melodías que evocaban el rumor fresco que baja de las montañas. Ella se iba quedando dormida mientras la escuchaba, poco a poco se sumergía en aquel paisaje eterno en el que brillaba como princesa de cuento, sentada en su trono de siempre, acomodada sobre uno de los muebles de la sala como una pobre muñeca vestida con su trajecito rojo y unos zapatitos blancos hechos como para andar sueños. Ana María miraba con sus ojos transparentes, con su risa eterna de muñeca de plástico, los pasos graciosos y precisos, el deambular armónico de Marquesa sobre las teclas del piano. Ana María tenía un corazón tibio y perfumado que Abuela acariciaba cada vez que podía. Abuela, por las tardes, se dejaba hundir en los recuerdos y se soltaba a hablar con "las muchachas". Hablaba y hablaba sin parar de tantas cosas que casi no era posible entender semejante avalancha de pormenores, tantos retazos de vida escapando atropellados desde aquella boca, una fisura de luz moldeada en los afectos y en la ternura. Abuela se acomodaba las trenzas mirando por el balcón la tarde abierta, el cielo limpio y alto, mientras en el aire tibio de noviembre se le enredaban los pensamientos poniéndole un trazo fresco y perfumado en la sonrisa. Ana María soñaba con poder un día caminar como Marquesa, con ese andar lento de pisar nubes. Ana María tenía un trozo de recuerdo temblándole en la risa y guardaba el brillo de unos ojos azules en su memoria pequeña y blanda. Abuela, un día, llegó con un carabinero colgándole de la mano y fue a dejarlo en aquella sala en la que seis pares de ojos fijos se dejaron caer sobre el verde uniforme de aquel muchacho que vivía aferrado como sin esperanzas a un inútil fusil negro de hojalata. Ana María tan solo dejó escapar un suspiro ahogado y no dijo nada. Abuela se entretenía regando los geranios en el balcón y a ratos miraba por la ventana como para constatar el barullo silencioso que había desatado. Entonces reía con una risa de gotas de agua cayendo sobre las hojas dentadas, una risa reverdecida en la ternura, una risa de fiesta, una juguetona e imposible llamarada serpenteándole en el rostro, iluminando la tarde colgada desde aquel jardín aéreo hecho como para fabricar sueños de juguete. Adentro, en alguna parte de la casa, flotaban sonrisas imaginarias y temblaban tres cuerpecitos diminutos en medio de una magia que nadie entendería. Abuela apareció de pronto una tarde en la puerta de la sala y desde su cuerpo se deslizó una sombra bajo la cual habría de desaparecer para siempre aquel muchacho de ojos azules eternamente aferrado a su fusil. Ana María, por las noches, dejaba escapar un llanto seco e incomprensible y desde el rostro rígido le rodaba una tristeza sin esperanzas por aquellos ojos azules que la miraron sin mirarla aquella tarde. Abuela dormía en su mecedora acunada por arrullos de finca, reverberar de fogones, relincho de caballos, temblor de hojas arrastradas por un viento antiguo. Ana María veía en silencio cómo los sueños se le descolgaban a Abuela por las trenzas haciéndole un ovillo tierno en el regazo. Por las tardes Marquesa hacía un recorrido lento por la estancia, un enmarañado paseo a lo largo de la casa; bajo sus patas mullidas se deslizaban las baldosas de unos pisos eternamente iluminados por el canto de los geranios. Abuela había aprendido aquel recorrido y lo repetía de memoria desde el sueño; se acomodaba bajo los pasos silenciosos de Marquesa y a veces se le enredaba entre las patas. Ana María soñaba desde su sillón eterno que era un pedazo de nube empujado por un suave viento. Marquesa había visto algunas veces al carabinero encerrado en una caja con inscripciones extrañas arriba de un enorme mueble de madera en el que Abuela guardaba porcelanas y juguetes y si no dijo nada era porque estaba siempre demasiado entretenida en sus asuntos, ocupada en perseguir madejas de lana por las autopistas que eran los corredores de aquella casa. Cerca de las seis de la tarde Abuela regresaba del sueño con la actitud tranquila y regocijada de quien retorna de un viaje. Sin apenas moverse alargaba un brazo para tomar, de una pequeña mesita de contornos ondulados, una cajetilla de cigarrillos de donde extraía uno de aquellos Pielroja sin filtro que después ponía en su boca y una vez encendido iba fumando sin apremio mientras observaba el último resquicio de la tarde disolverse entre las ondulantes volutas de humo que desde el cigarro ascendían hacia la noche dibujando, con efímera sustancia, su alfabeto de giros y arabescos. Ana María iba y venía desde el sueño enredada en el azul de unos ojos vistos sólo una vez, aprehendidos desde el silencio de aquella tarde remota en la que creía haber descubierto el amor en el brillo de aquellas pupilas dibujadas sobre el rostro del carabinero. Marquesa desenredaba su aburrimiento estirándose a gusto entre los almohadones que Abuela había dispuesto para su uso en un rincón de la sala. Abuela se demoraba atisbando recuerdos, sacudiendo entre sombras pedazos de historias que iba sacando de los baúles. Abuela amontonaba la nostalgia en grandes cofres de madera forrados en cuero. Por las noches la casa se poblaba de objetos extraños y diversos que Abuela iba colocando aquí y allí, desenhebrando un pasado que parecía dolerle más allá de la nostalgia porque sólo entonces era posible asistir al episodio de unas lágrimas cansadas deslizándose con dificultad por la abrupta geografía de aquellas mejillas adornadas por los años. Marquesa perseguía entre ronroneos olores escapados de otro tiempo mientras Abuela, arrullada en medio de un llanto tibio, la dejaba hacer ocupada como estaba en desnudarse desde los pies hasta la memoria, abandonándose a los recuerdos que iba rescatando de los baúles. Por sus manos se deslizaban pormenores de cosas vividas y hasta la penumbra de la sala se asomaba la nostalgia arrastrándose en medio de un fino rumor que alguna vez llegó a considerarse el anuncio de aquellos rituales nocturnos. Ana María, desde la fragilidad de su sueño imposible, sentía pena por la Abuela y lloraba en silencio su tristeza. Abuela era un pedazo de carne antigua que había aprendido a saborear la nostalgia sin cederle nunca demasiado espacio a la tristeza, a las lágrimas. Tras un breve asomo de llanto sobrevenía la risa y a ésta le seguían, cómo no, los insultos. Abuela despotricaba contra el mundo desde la trinchera de los recuerdos. "La muy puta", decía, y se echaba a reír como una niña que corre, con su trajecito en volandas, mientras juega a pisar nubes en uno de aquellos domingos antiguos de paseos por el parque con música de retreta y novios que caminan en silencio, sobreponiéndose al rubor que producía el solo hecho de andar tomados de la mano. La casa adquiría entonces visos de postal antigua. Desde los altos techos en los que relucían enormes lámparas de magnífica arquitectura, una pátina de oro y sepia se descolgaba y acababa por cubrirlo todo. Ana María, fijos los ojos fijos sobre su limitada porción de horizonte posible, contemplaba, una a una, las estampas. Abuela se convertía en una trigueña de rasgos indígenas y el alma desbocada que había puesto el corazón y las esperanzas en el espejismo de unos ojos azules como el Mediterráneo. Abuela era una muñeca viva hecha para la risa y para el juego. Don Guillermo la tomaba de la mano y se la llevaba a dar un paseo que discurría siempre por entre los destellos vivos en colores rosado puro y naranja encendido de los geranios que había en la placita del pueblo. El aroma de las flores iluminaba la tarde poniendo en el aire un arrullo tibio, un susurro acariciante y perfumado. Abuela soltaba su risa de cascada y nos traía de regalo la memoria linda de aquellas tardes con retoños de canciones y corazones palpitando al ritmo de la música y de las pinceladas flotantes con que salpicaban la tarde los geranios encendidos. Ana María volvía a escuchar desde el recuerdo el viejo piano y sonreía arrullada por los trazos de felicidad remota que Abuela iba sacando de aquellos cofres. La casa entonces era una fiesta y todo empezaba a tener colores de domingo. Ana María apenas recordaba ya a su carabinero ocupada como estaba, hecha toda oídos tan sólo para las historias que Abuela les regalaba. Marquesa era un cojín de felpa, un amuleto tibio y vivo sumergido en sus mullidos e incomprensibles sueños felinos. En alguna parte de la casa un carabinero de ojos azules permanece aferrado a su fusil, esperando por alguien que ponga en su estructura el breve artificio de vida que supone el mecanismo metálico compuesto por una espiral de lata, unas cuantas ruedas dentadas y esa especie de clavija o llave que sirve para accionar. Desde aquella tarde remota de miradas fijas y esperanzas arrebatadas, Abuela había desistido de llevarlo a la sala, sometiéndolo a ese destierro improbable que es el olvido. Ana María, sin embargo, no pudo olvidar jamás el azul de aquellos ojos y alguna vez volvió a soñar que era una nube tibia empujada por un suave viento o un velero desatado sobre el azul inmenso de esa cosa profunda y vasta que llaman el mar y que sus ojos rígidos nunca vieron ni verán. Marquesa alguna vez creyó haber oído un lamento metálico escapado de una caja con inscripciones extrañas puesta en los altos de uno de los muchos muebles de madera que poblaban aquel universo cerrado que tanto le gustaba recorrer por las tardes mientras Abuela dormía entre arrullos antiguos acariciando la añoranza al compás del vaivén que le marcaban, en su ir y venir, los dos arcos de madera que coronaban las patas de su mecedora. En ocasiones Abuela escribía cartas tejidas con letra minúscula, con caligrafía de escolar temprano, destinadas a atizar la nostalgia de uno de sus nietos que vivía en el extranjero. Eventualmente Abuela recibía a su vez cartas que venían de otro país; cartas en las que, a pesar del estilo desordenado y torpe que las caracterizaba, encontraba razones para el disfrute de una felicidad pequeña y remota.

Abuela, por las mañanas, se dirigía a los altos de la casa donde había construido un pequeño espacio en el que hacía vida alborotada un gallinero. De sus manos brotaban, como lluvia de oro, cientos de granos de maíz que las gallinas negras y coloradas engullían de inmediato, celebrando con algarabía de plumas y aleteos el ofrecimiento benigno del grano crudo de cereal. Abuela convocaba a sus gallinas con voces extrañas, gorgoteos que simulaban una especie de llamado al que las torpes aves obedecían casi al instante. Decía, cutu-cutu-cutu-cutuuuuuu... y las gallinas corrían a sus pies, donde un alboroto emplumado se arremolinaba feliz y escandaloso. Junto a las gallinas comían igualmente el delicioso grano las palomas que Abuela criaba en oscuros nidos puestos debajo de un tejado minúsculo que cubría parte del espacio que comprendía la azotea. Las palomas ejercían un particular embrujo sobre la Abuela y al mismo tiempo eran para ella motivo de martirio constante ya que todo el día sentía su cuerpo invadido por la presencia de los zumbambicos, unos bichejos de tan minúsculos invisibles que le recorrían la piel. Abuela ponía, con una regadera metálica, pequeñas porciones de lluvia sobre los geranios de la azotea y desde allí divisaba el azul del horizonte extendido sobre la ciudad, el collar de montañas que le rodearon los días desde la infancia y el verde abrupto y horizontal de la cordillera, una diadema vegetal que le adornaba el corazón. Abuela respiraba el aire tibio de la mañana y volvía a ver aquellos ojos azules que empezaron a endulzarle la vida a los catorce años. Abuela nunca nos lo dijo pero todos sabíamos que no había olvidado a don Guillermo. La presencia del abuelo fue primero una bendición y después una sombra bondadosa que le estuvo haciendo compañía durante toda la vida. En ocasiones se reunían para conversar en cualquier parte de la casa, en el balcón o en la azotea. Una vez los escuchamos conversando en la cocina, donde Abuela se encontraba preparando el tintico de siempre, el cafecito de todos los días, el que tomaba sin causa ni medida sólo hasta las cinco de la tarde, después no más hasta el día siguiente, para no ir a perder el sueño, decía ella. Hablaban mucho, y reían. Abuela le ponía quejas de los muchachos y don Guillermo, prestándole toda la atención que requería el caso, la escuchaba con el rostro muy serio. Abuela decía cosas, se quejaba pormenorizando cada asunto en todos sus detalles. Abuela todo lo sabía y de cada cosa conocía hasta la más mínima circunstancia. Sabía, siempre supo, que algunos asuntos no iban a salir bien, y de hecho no salieron. Abuela podía anticipar las tragedias pero no impedirlas y tal vez por eso vivió como vivió, arrastrando eternamente su impotencia entre lamentos. Abuela decía "¡Ah, Iván!" y esta exclamación la bañaba de un no sé qué tan doloroso que hacía que sonara triste y era triste. Abuela siempre estuvo triste aunque nunca lo confesó. Ella nunca reveleaba nada pero lo veía todo, se daba cuenta de todo y se preocupaba. Decía "¡Ah, Iván!" mientras regaba las flores en el balcón. Nosotros la escuchábamos apenas. Bebíamos su tristeza sin darnos cuenta. Nos dolíamos de sus dolores en silencio mientras recorríamos la casa aventurando la posibilidad de fabricar ingenuos dispositivos electrónicos que servían para atizarnos la imaginación. Improvisados genios echábamos mano de cuanto veíamos para urdir aquella maraña de circuitos accionados por interruptores e iluminados por minúsculos bombillitos de gotera cuyo brillo nos encendía el corazón y nos atizaba el gozo de hacer aquellos no sé qué sin utilidad probable. Abuela miraba inquieta los estragos que íbamos dejando a lo largo de los corredores. Nos dejaba hacer, simplemente. Sabía cómo éramos. Al vernos era seguro que lo veía a él. Abuela sabía cómo eran estas cosas. Abuela sabía de dónde nos venía esta necesidad de imaginar, de aventurar proyectos sin futuro. Nos miraba y era seguro que no nos miraba realmente. Los ojos de Abuela eran ojos que aprendieron a mirar hacia otro tiempo. Abuela se dejaba ir por las tardes rumbo a otras tardes remotas, aquellas tardes de Peque que durante tantos años le estuvieron entibiando la angustia innecesaria que le producía esperar a don Guillermo quien, durante esos mismos años, regresó siempre a las cinco en punto de la tarde procedente de la escuelita de varones, la única del pueblo, en cuyas aulas de paredes desvencijadas había permanecido, desde los dieciocho años, impartiendo clases de español a los diversos grupos de estudiantes de cuarto de primaria que se fueron sucediendo año tras año. Abuela lo esperaba en la ventana de la casa, envuelta en la semipenumbra de aquellas tardes apacibles y distantes. Esperaba, como siempre esperó, aquellos ojos azules que desde entonces le iluminaron la vida. Abuela vivió eternamente aferrada a aquel relámpago mediterráneo que don Guillermo llevaba siempre brillándole en el rostro. Al morir, Abuela seguramente lo habrá llamado. Estoy seguro de que pronunció su nombre aquella vez, y fue la última. Casi puedo oírla. Casi puedo escuchar ese hilito de voz que la acompañó hasta los noventa y cuatro años diciendo Guillermo. Habrá dicho Guillermo antes de cerrar los ojos. Lo habrá dicho aunque nadie la haya escuchado pero yo sí. Yo siempre pude oírla y la oí. Te oí decir Guillermo, Abuela; te escuché entonces como ahora te escucho desde el presente, desde esta orilla del tiempo. Te oí y te oigo, te sigo oyendo como lo hacía cada vez que llamabas al abuelo, cada vez que invocabas sus ojos azules. Oí, mientras se te apagaba la risa, cómo pedías que aquellos ojos te miraran una vez más, que te volvieran a mirar como te miraron aquella tarde lejana en la que él vino a pedir tu mano mientras tú, observando asustada detrás de una puerta con el corazón aceleradito y el alma convertida de pronto en un torbellino de esperanzas, apenas lo podías creer. Te oí, abuela, siempre supe oírte aunque no pudiera verte. Te oí entonces y aún hoy te sigo escuchando, y es de ese modo sonoro que te me has quedado palpitando en el corazón, entibiándome para siempre en la memoria los recuerdos, atizándome en el alma la nostalgia.

[Junio, 2001 / Septiembre, 2004]

LUAR

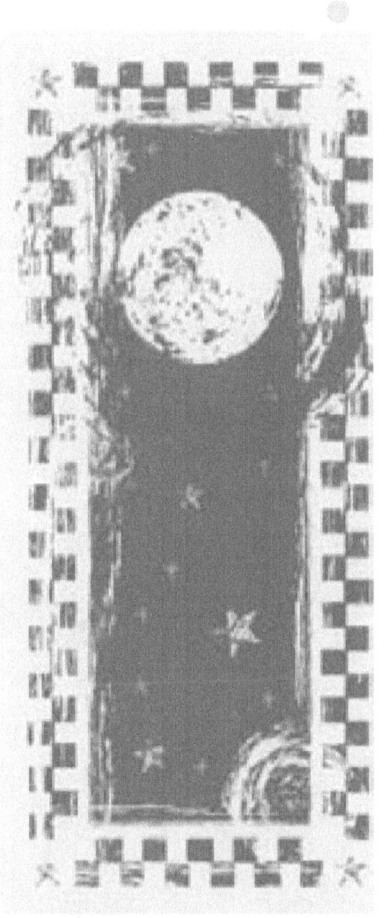

YO NO SOY COMO ELLOS. NUNCA FUI COMO ELLOS Y ESTO es algo que supe muy bien porque lo vi, lo pude comprobar, y además porque ellos se ocuparon de hacérmelo entender así cada vez que pudieron, es decir siempre. Hay ciertas cosas que me hacen diferente y sea acaso por tal motivo que me trataron siempre del modo en que me trataron. En esta casa había espacio para el que quisiera. Aquí cabía todo el mundo. Llegaba gente de cualquier lado. Unos venían y otros se iban y aunque algunos volvían en ciertas oportunidades la mayoría no regresaba jamás o al menos eso es lo que creo puesto que ya nunca más volví a verlos. Aquella gente, sin embargo, nunca pudo percatarse de mi presencia, en especial porque al Viejo no le gustaba que me vieran; así me lo hizo saber una vez y siempre que pudo lo estuvo repitiendo. Que nadie se enterara de mi existencia llegó a convertirse en su principal preocupación. Que ninguna persona me viera era todo lo que él quería, y aunque mucho me costó comprender el porqué de su aprehensión, finalmente entendí, hurgando en el pozo oscuro de los ojos de él, la vergüenza. Todo el tiempo que pude le estuve haciendo caso, entre otras razones puesto que, por más que fuera, se trataba de una orden del Viejo y nadie había en esta casa capaz de desobedecer uno de sus mandatos; así fue siempre y así seguiría siendo aún por muchos años. Otras razones hubo que respaldaran la conveniencia de mantenerme oculto, en especial frente a los desconocidos, pero es sustancia que no vale la pena recordar. A fin de cuentas resulta cierto, muy cierto, yo no soy como ellos, en nada parecido a ellos. Ahora pienso que tal vez hasta me alegra reconocer que esto haya sido así. Bueno, no sé si realmente me alegra, tal vez esto no se corresponda con un motivo real de alegría, en todo caso tampoco me entristece. Verdad es que muy pocas cosas hubo que me hicieran sentir triste y una de las pocas la constituyó el hecho de no poder ver más a mi niña, a mi Reinita. Ella, que fue siempre tan dulce conmigo, jamás demostró asco cuando la abrazaba, porque yo siempre quería estar abrazándola, y tampoco se permitió mencionar alguna vez lo de los ojos de sapo. Ernesto sí. Ernesto anduvo molestándome cada vez que pudo y era quien con más frecuencia se refería a mí como "el sapo", otras veces decía "el bicho ese", al mismo tiempo que me señalaba con sus dedos regalándome una de esas sonrisitas de odio que aprendió a dibujarse sobre el rostro cuando quería, que era siempre. Me venían en esos momentos unas ganas locas de entrarle a trompadas, al menos hasta donde para tal empeño me alcanzaran las fuerzas y los brazos. Nunca lo hice, sin embargo, entre otras porque el Viejo había dejado muy en claro que no quería problemas entre nosotros. Había hecho la advertencia de que si en alguna oportunidad se diera el caso de encontrarnos peleando, sin importar el motivo, a mí me enviaría de regreso al sótano y a Ernesto lo llevaría de vuelta al internado, sitio del que nunca debieron permitirle salir. La verdad es que yo tampoco deseaba retornar al frío y a la soledad de aquel sótano, oscura y triste prisión dentro de esa otra prisión en que acabaron por convertirse para mí los muros que rodean esta casa. Por no querer regresar a aquel encierro, por temor a retornar allí, sólo por eso jamás me decidí en últimas a darle a Ernesto las trompadas que se merecía. Reinita nunca fue como él. Mi niña sólo sabía mirarme de ese modo dulce en que ella acostumbraba mirar, sonriendo siempre, su risa iluminada por unos ojos como dos pocitos de agua, agüita de luna empozada eran sus ojos, dos charquitos celestes, dos burbujitas de mar iluminándole el rostro a mi niña, a mi Reinita. Ya dije que nunca demostró asco en mi presencia y jamás recibí de ella un solo gesto de rechazo, sin embargo en ocasiones he llegado a preguntarme si en verdad me quiso como yo creo que me quiso o era lástima no más lo que sentía por mí y entonces sería por tal razón que se empeñó siempre en estarme cuidando, protegiéndome de todos, especialmente de Ernesto, de las brutalidades de ese muchacho que sólo tenía a mano alguna maldad para saludarme porque no sabía ser de otro modo, o porque me odiaba, sólo por eso, tal vez porque necesitaba odiarme, y era seguramente de esa necesidad de donde le nacían aquellas ganas de estarme maltratando todo el tiempo.

A Doña Carmen nunca pude decirle mamá. Nunca pude decírselo aunque muy bien sé, puesto que alguna mamá debo tener, que mi madre era ella. También eso me lo tenían prohibido, sin embargo esta prohibición no venía, como las otras, del Viejo. Fue La Doña quien me prohibió siempre que la llamara mamá. Doña Carmen podía decirle, sólo eso, aunque mejor resultaría en todo caso si ni tan sólo me ocupase de nombrarla, eso también me lo dijo ella en cierta ocasión. Hazte a la idea de que yo no existo para ti y así vamos a estar mejor, así me lo hizo saber cierto día, uno de esos días en los que llegaba a casa toda enojada, echando chispas por los ojos y lanzando maldiciones a quien se atravesara en su camino, a todo aquel que tuviera la ocurrencia de salirle al paso y entonces vengo yo de ingenuo a quererla saludar, vainas que tenemos los bobos y que nadie entiende, sin saber nadita de nada vengo y la saludo con ese cariño que me sale a veces, que no sé de dónde viene, ¿y qué me encuentro?, me encuentro a La Doña hecha una fiera, convertida en un demonio al que le da por descargar su furia conmigo, con este pobre sapo que nunca acabó por aprender que de nada valen cariños allí donde tan sólo el odio reluce como una sustancia turbia y eterna. Eso me pasó siempre por pendejo y también por atravesado. Razones como éstas sirvieron para que terminara por decidirme a asumir, de cuenta propia, el aislamiento, además porque de este modo lograba, al menos hasta cierto punto, mantenerme a salvo del veneno que destilaban sus bocas, esa babita ponzoñosa y amarga que se les escurría de los labios cada vez que hablaban, y más turbia aún cuando se trataba de mí, cuando era este pobre sapo el objeto de sus palabras, el centro de sus conversaciones. Desde entonces empecé a deambular por la casa haciéndome el propósito de ser apenas percibido. Me convertí en una sombra, sobreviví mi existencia arrastrándome de día y de noche por los corredores de esta vieja casona de la que nunca he salido. El único mundo que conozco es el que se agita dentro de los muros de esta casa. Me sé de memoria cada uno de sus rincones; cada grieta abierta en las paredes, cada pedazo de losa puesta sobre los amplios corredores, los conozco; las piedras que rodean la fuente del patio, incluso la más pequeña de ellas, las conozco todas hasta en el más mínimo de sus detalles, como igualmente conozco cada una de las baldosas que, como una dura cinta de cemento, se deslizan sobre la hierba del jardín, dibujando los senderos que conducen al estanque en cuyas aguas, en tiempo de lluvias, las ranas armaban aquel gran alboroto nocturno puesto que esa es su manera de llamar a los machos y porque dicho tiempo es además época de apareamiento para las ranas y esto lo sé porque una vez oí al Viejo hablándole del asunto a Ernesto, explicándole, porque a Ernesto había que explicárselo todo, siempre fue así, además a ese muchacho todo parecía fastidiarle, hasta el inocente canto de los batracios. A mí, por el contrario, no me parece tan malo, más bien creo que es lindo, pero quién iba a convencer de tal cosa a alguien como Ernesto cuya vida si de algo estaba llena era no más que de amargura y de odio. Noches hubo en que aquel sonido, el rumor lejano e intermitente que constituía el canto de las ranas, llegó incluso a servirme para conciliar el sueño, cosa que pocas veces lograba, en especial porque de noche, que es cuando a la gente le da por dormir, es precisamente cuando más cosas parece haber aún en el mundo por descubrir. En medio de toda esa tranquilidad el aire se llena de sonidos extraños, de voces misteriosas que se van elevando de entre los matorrales y luego el viento arrastra hasta acabar poniéndolas en nuestros oídos. Aunque no sabría decir qué sonidos eran aquellos ni qué cosas los producían, cierto es que me gustaban, y me gustaban más cuanto más perturbaban la mente enferma de Ernesto, quien siempre anduvo armando barullo por cualquier tontería y a quien todo le molestaba, incluido el canto apacible de las ranas apareándose medio sumergidas en el agua de la charca. Nunca llegué a saber con certeza qué cosa era exactamente aparearse. No pude sin embargo dejar de pensar en esta palabra cada vez que tuve la oportunidad de ver las cosas que en esta casa estuve observando mientras permanecía al resguardo de las sombras, espiando oculto desde alguno de mis escondites. No sé por qué pero me pareció siempre que algo tenía que ver una cosa con las otras, que de algún modo tales asuntos se relacionaban. Nunca pude, en fin, aclarar la cuestión y en todo caso ya ni siquiera importa, menos ahora cuando ya no queda nadie en esta casa que pudiera sacarme de dudas, si es que tal cosa llegase algún día a serme de utilidad.

Otra vez la luna ha empezado a deslizarse sobre las aguas dormidas del estanque. Con ritmo de olas de juguete está hundiendo de nuevo sus rizos, su claridad plateada, en la charca anochecida, en las aguas tranquilas, apacibles porque no hay ranas armando alboroto puesto que no es tiempo aún de cantar para que vengan los machos a aparearse con ellas. Esta noche el estanque ha de estar echando de menos sus cantos, aunque sabe que esta ausencia no tiene que durar para siempre. Volverán las ranas a cantar en el invierno y el estanque entonces renacerá como jubilosa morada, hervidero de bichos oficiando con festiva solemnidad su misa de apareamiento. Con las personas la cosa sucede de un modo distinto. Eso que yo creo debe ser el apareamiento de los humanos puede ocurrir a cualquier hora, de noche o a plena luz. Las ranas, en cambio, sólo lo hacen al resguardo de las sombras. Con los humanos tampoco se precisa canto alguno para atraer al macho, o acaso se precise pero es ese un asunto del que aún no me he enterado. De existir el dicho canto no ha de ser la gran cosa, si fuera cierto que existiese podría pensarse, en fin, que está hecho sólo para los oídos del compañero, nada más que para ser escuchado por aquel a quien se desea convidar al ritual de apareamiento. Dicho de este modo podría pensarse como cosa bonita el apareamiento humano, como en cambio sí debe ser bonito el acto de aparearse de las ranas, el cual, aunque nunca he llegado a ver realmente, no puedo dejar de imaginar glorioso e iluminado como la música que hacen salir de sus gargantas babosas. Digo que no es bonito lo que ocurre cuando la gente se aparea y puedo decirlo porque los he visto aparearse más de una vez. Claro, también resulta cierto que de ello no puedo estar totalmente seguro, aunque creo no equivocarme cuando imagino que eso que ocurre, cuando ocurre, es que se están apareando, y es cosa que estos ojos míos, de los que tantas veces ha dicho Ernesto que son ojos de sapo, han visto en más de una oportunidad y por eso digo lo que estoy diciendo, que es feo, que siempre me pareció un acto más bien desagradable, siempre inadecuado por lo que se ve, incluso vergonzoso. Tal vez no sea realmente de este modo, pero es así como me ha parecido. Tal vez ocurre que es así como lo sienten y por eso acaban por dar esa impresión que yo creo que es siempre mucho más que apenas una impresión, al menos esto puede deducirse de su actitud porque en tales ocasiones se muestran siempre como muy nerviosos, como si de ocultar algo se tratara, como apenados por aquello que están haciendo o por lo que están a punto de hacer, como si aparearse les causara preocupación, o miedo, en ocasiones asco, aunque debo aclarar que dicho asco es, de muchos modos, distinto del otro asco, el que se dibuja siempre en los rostros de la gente cuando me ve, el mismo que luego intentan desaparecer de sus caras forzando una cierta inclinación de ojos, procurando una sonrisita nerviosa, inútil tarea pues no les alcanza el empeño para borrarles del semblante la mancha que se les dibuja en el rostro cuando a un tiempo sienten temor y también náuseas y por si fuera poco lástima.

Aprovechando cierta oportunidad en que tanto Doña Carmen como el Viejo tuvieron que ausentarse por varios días, Ernesto tuvo la osadía de llenar la casa de invitados, casi todos muy jóvenes, un gentío enorme. Había un reguero de gente extraña esparcida por todos lados. Apenas pude conseguir mantenerme oculto, especialmente debido a las amenazas previas de Ernesto. No se te vaya a ocurrir aparecerte en ningún lado cuando lleguen mis amigos, me dijo, siempre con aquel gesto de odio seco que le brillaba en la mirada. Ernesto era capaz de hacer mucho daño, sabía lastimar de un modo cruel cuando quería, por eso preferí redoblar mi eterna voluntad de desaparecer, de permanecer oculto, además porque tampoco me gustó nunca la actitud de los extraños. Pude verlos, sin embargo los vi por entre las rendijas, oculto en los rincones. De noche, como una sombra deslizándome entre las sombras, los vi emborracharse. Los estuve espiando mientras, ocultos, enrollaban unos pitillitos de hierba que luego encendían y fumaban con apremio, conteniendo el aire en los pulmones por unos segundos para después dejarlo salir, muy lentamente, a través de los labios, soltando pequeñas bocanadas de humo, perfumando la estancia con un aroma dulzón que me hacía sentir mareos e incluso náusea. Los vi aparearse. Aparearse era sin duda lo que más querían hacer, lo que más les interesaba. En esos días aquí todo el mundo parecía querer no más que estarse apareando con todo el mundo, machos con hembras, hembras con hembras e incluso un macho con otro macho, aunque se me ocurre que distinto propósito ha de tener tal cosa. Yo nunca supe que existiera la posibilidad de apareamiento entre dos machos hasta el día en que vi al Viejo haciendo algo que primero no entendí muy bien pero que después pude reconocer como el tipo de comportamiento que asumen los humanos cuando de aparearse se trata.

El Viejo acababa de llegar a casa. Facundo venía, como siempre, al volante, según correspondía a su trabajo de chofer. El auto negro, favorito del Viejo, traspasó el portón de hierro de la entrada y siguió avanzando en dirección a los cobertizos que era donde se guardaban los vehículos. Por alguna extraña razón esta vez no se detuvo frente a las escaleras principales, las que conducen a la casa, que es donde el Viejo acostumbraba bajarse. Sin apenas disminuir la marcha el vehículo continuó avanzando en dirección al sitio donde se guardan los carros, ubicado a un costado de la edificación y el cual posee un acceso interno que muy pocas veces se usaba. Al darme cuenta de que el auto se aproximaba al garaje, donde me encontraba, corrí a buscar un lugar para ocultarme. Opté por el depósito de herramientas, cuyas puertas de madera poseían orificios a través de los cuales pude ver sin ser visto. Escuché el ruido que hacía el portón eléctrico al abrirse y después lo volví a oír cuando se cerraba luego que el auto había ingresado al lugar. Desde mi escondite pude ver a Facundo saliendo del vehículo para ir a abrirle la puerta al Viejo. Luego de abrir la puerta del asiento trasero se quedó allí, de pie, sin decir nada. El Viejo no acaba por descender del auto; tan sólo permanecía allí, sentado. Ninguno hablaba, nadie decía nada, entonces veo al Viejo que, con una de sus manos, empieza a tocar algo en el pantalón de Facundo, por debajo de la cintura, luego se acerca, se va acercando más hasta acabar hundiendo su cabeza en la entrepierna del muchacho. Aquello me pareció bastante extraño y por un momento preferí dejar de observar; cuando, un rato después, volví a mirar, vi al Viejo en cueros, totalmente desnudo, retorciéndose debajo de Facundo mientras este se movía sobre él dando brinquitos acompasados. Entonces entendí que, al menos en lo que a la gente se refiere, es posible el apareamiento entre dos machos, aunque sirva para nada, aunque no sea más que vicio inútil el cual, sin embargo, a juzgar por lo visto, algún gustico parece producirles.

Lo que en todo momento resultaba claro era que de ningún modo estaban interesados en que los demás se enteraran de sus oficios, de su voluntad de apareamiento. Y esto era así en todos los casos. Se trataba de algo que se les podía ver en la mirada, que podía percibirse en cada gesto, en el andar apresurado o en las miradas furtivas, en los oídos aguzados en procura de algún ruido que delatara cualquier presencia indeseada. Era evidente que se avergonzaban de lo que estaban haciendo o de lo que pretendían hacer. Por eso creo que las personas no saben aparearse como corresponde, como lo hacen las ranas, por ejemplo, sin sentir vergüenza y además lanzando al viento sus clamores sonoros en procura de un compañero que las ponga a saltar de júbilo sobre la charca, cuyas aguas sólo en esos momentos resultaban agitadas a causa del apareamiento simultáneo de un centenar de batracios bulliciosos y felices. Muchas veces sentí pena por ellos, por las personas quiero decir, porque aunque de algún modo en ocasiones parecían estar disfrutando, algo había que les restaba felicidad y esa cosa era, sin duda, la vergüenza, el miedo, el continuo temor a ser descubiertos en tales momentos. El hecho de sentirse obligados a actuar con tanta prisa y aprehensión acababa por disminuirles el disfrute, en caso de existir tal, y yo creo que sí, si no por qué otra razón se iban a estar empeñando una y otra vez en hacerlo y en volverlo a hacer cada vez que ciertas ausencias les brindaban la oportunidad para este tipo de aventuras a escondidas.

Nadie pone en duda que Facundo sabía conducir muy bien, tanto es así que el Viejo nunca tuvo quejas suyas desde que llegó para encargarse de sus vehículos hacía ya varios años. Tengo, sin embargo, razones para creer que este muchacho no gustaba mucho de aparearse con mujeres. Es seguro que nunca aprendió a hacerlo de un modo adecuado y además parecía sentir cierta rabia ante el hecho de que, en repetidas ocasiones, Doña Carmen lo obligara a esmerarse con ella en tales oficios. Puedo entender su rabia puesto que si hay algo de lo que en esta vida conozco muy bien es de rabias; harto he tenido que soportar la rabia que por mí se siente en esta casa, arrebatos de ira tras los cuales siempre acabé en el sótano sin ninguna razón justificable o al menos comprensible. Lo que no puedo entender es por qué ella insistía en obligarlo a tales cosas siendo obvio lo mucho que a Facundo le molestaban, tanto que mientras se apareaban él no parecía estar pensando en otra cosa como no fuera castigarla propinándole golpes con sus manotas en las nalgas hasta dejárselas coloradas. Tampoco tengo muy claro por qué Doña Carmen, lejos de sentirse molesta o humillada ante aquellas palizas, más bien parecía disfrutar los golpes con que Facundo le demostraba su enojo al mismo tiempo que no paraba de restregarse contra ella, presionando de un modo violento su cuerpo contra el cuerpo desnudo de La Doña. En fin, hay cosas que no se entienden, lo que sí pude llegar a comprobar fue que habiendo necesidad de apareamiento existen para ello modos muy diversos y todos parecieran igualmente útiles a un mismo propósito. No sé si las ranas acostumbran cambiar una y otra vez de posición durante el acto de aparearse, y si no lo sé es porque nunca las he visto. A la gente sí la he visto y por esa razón puedo decir esto que estoy diciendo. Momentos hubo después en que nada nuevo ocurría que pudiera interesarme. Todo se volvió un mismo repertorio de apretujamientos, roces y contactos. Tan poca cosa acabó por aburrirme definitivamente e incluso llegué a olvidarme de ello casi por completo. Si en este momento lo recuerdo es sólo porque se ha hecho de noche y desde hace un rato he empezado a poner los ojos en dirección al estanque y esto hizo que me acordara de las ranas, de sus cantos y de sus rituales de apareamiento, aquella música nocturna con la que, en época de lluvias, celebraban el tibio reflejo que la luna iba dejando caer sobre el espejo de agua del estanque.

Nunca fui más allá de los muros que rodean esta casa. Jamás me lo permitieron. Ni siquiera en las ocasiones en que la familia toda se alistaba para viajar, para salir de estas paredes, de esta prisión, de estos muros, los mismos que durante años, por toda una vida, han sido mi único horizonte, eterno e idéntico paisaje. Es verdad que yo no resulté como ellos, que no soy como ellos, y tal vez sea igualmente cierta la inconveniencia de que otras personas llegaran a percatarse del bicho innombrable que les había salido en una de sus prácticas de apareamiento, del renacuajo que les había brotado de las entrañas. Al parecer ellos tampoco pudieron entender por qué las cosas resultaron así. Si todo sucedió de un modo muy normal, acostumbraba quejarse Doña Carmen. Además nunca hicimos nada de lo que pudiéramos arrepentirnos, agregaba el Viejo; y en tales momentos ellos acaso estarían pensando que yo no sabía a qué se referían, pero sí sabía, sabía que hablaban de mí porque cuando en esta casa irrumpía el tema de las culpas, cuando las palabras adquirían el tonito amargo de las lamentaciones, o cuando alguien decía "esa cosa", "ese bicho", o cuando salían a relucir sapos y renacuajos en las conversaciones, no se podía tratar de un asunto distinto. Hablaban de mí, de Luar, de este sapo humano con ojos saltones que un mal día vino a enturbiarles la paz del hogar, que llegó para desajustarles la risa, para ensuciarles el nombre, para afearles la estampa de familia perfecta, que a fin de cuentas no lo sería tanto, visto que, a pesar de tanto brillo y tan desmerecida fama, no pudieron evitar, con tanta mezcla de sangre empantanada, que en uno de sus empeños, apenas en un descuido, les saliera un sapo.

Doña Carmen culpaba al Viejo. No sé de cierto a qué se refería cuando le decía lo que siempre le estuvo diciendo, especialmente cuando estaba enojada. Le echaba en cara ciertas cosas. Le decía, "ahí tienes el resultado de la inmundicia en la que te has estado revolcando", entre gritos, con los ojos rojos por la ira. El Viejo, por su parte, siempre tuvo razones para argumentar que la culpa era de ella. "Acuérdate lo mucho que se te dijo que no salieras, como acostumbrabas, a pasear desnuda por el jardín en noches de luna llena. Es tuya la culpa. Ahí tienes el resultado de esos paseos nocturnos a no se sabe dónde y de los que regresabas nunca se supo cuándo. Aunque sea sólo por esta vez deberías reconocer tus errores. Por lo menos ahora sabes que hay ciertas advertencias que deben ser tomadas en consideración". Cosas como éstas solía el Viejo escupirle a La Doña en la cara cuando discutían. Si en adelante Doña Carmen tomó en consideración o no las tales advertencias es cosa que yo no sé, lo que sí pude al fin sacar en claro de entre tantas palabras acusadoras, entre tantas frases cargadas de reproches, fue que, en última instancia, la culpable de que yo haya nacido con estos ojos que quieren salírseme de la cara, pesados como dos pelotas de plomo y oscuros como las noches sin luna, la culpable de este cuerpo de sapo que sobrevive haciendo equilibrio sobre dos patas enclenques que apenas alcanzan para sostenerme el alma, si acaso tuviera alguna; la única culpable de la desgracia de ellos que es también mi desgracia y que soy yo, era la luna, o mejor dicho, la luz de la luna, ese reflejo plateado que se descuelga de noche sobre el jardín, columpiándose en silencio y durante horas sobre las aguas dormidas.

En cierta ocasión a Doña Carmen la panza empezó a ponérsele hinchada como si se hubiera tragado la luna del estanque, o tal vez la charca entera, completica, con bichos y todo. Eso llegué a creer en algún momento, pero no era tal. El Viejo tuvo la gentileza de aclararme lo que pasaba. El Viejo, a quien por aquellos días podía vérsele como más contento, de mejor ánimo, tanto que hasta se permitió el detalle de hablar conmigo y explicarme, empezó a decirme cosas y entre las muchas cosas que me llegó a decir, algunas de las cuales yo no podía entender en ese momento y acaso nunca las entienda en especial porque de tanto hacer ejercicio de olvido, de tanto estar olvidando, acabaron perdiéndose todas arrastradas por el paso de los años, embolatándose en este reguero de recuerdos sin orden que llevo apelmazado en la cabeza, de la que no puede esperarse que salga nada bueno a juzgar por lo que el Viejo llegó a gritarme tantas veces. Aquella vez el Viejo, queriéndome aclarar el asunto, me dijo que lo que ocurría era que Doña Carmen estaba en embarazo. Eso dijo. Dijo que las mujeres se embarazan de sus maridos y que luego se están así por mucho tiempo, engordando, sintiendo cómo poco a poco les va creciendo la barriga y esto ocurre porque se están preparando para tener un hijo. Dijo también que la hinchazón iba a desaparecer cuando naciera ese nuevo hijito que llevaba adentro y del que yo no sé cómo fue que llegó hasta allí, cómo fue que acabó acomodándosele adentro de la panza a Doña Carmen, lo que sí sé es que aquel interrogante, por mucho que despertara mi curiosidad, no alcanzó ni siquiera a inquietarme los pensamientos, a sembrarme la mollera con preocupaciones. El hecho de saber que muy pronto un nuevo niñito llegaría bastaba para atormentarme el alma. Me preocupaba la posibilidad de que otro sapo, o algo peor, hiciera su aparición en esta casa, lo cual era posible, muy posible, en especial porque de todo lo que aquí ocurre, de cuanto acontece dentro de estas paredes no puede esperarse, de seguro, nada bueno.

Un día, finalmente, les dio por contarme en qué había acabado todo. Sentí un gran alivio cuando me explicaron que la nueva criaturita ya había llegado, que La Doña había tenido pues otro hijo y que se trataba de una niña, una niñita preciosa, eso me dijeron. Era tan linda, tan relinda, tan perfecta en todo, tan distinta de mí, que les dio por ponerle de nombre Reina, Reinita. El día en que me dejaron verla por primera vez entendí lo que era la belleza y descubrí la magia que desde entonces ya podía vérsele brillando en aquellos dos pocitos de agua de luna que le temblaban en la mirada. Sentí un gran alivio al ver allí, en la cuna, aquel manojito de vida que era como un regalo inmerecido para los moradores de esta casa. Al fin pude dormir tranquilo por algún tiempo hasta que, no mucho después, una nueva preocupación vino a atormentarme, a pisotearme la paz, a arrebatarme el descanso, a desordenarme los sueños poniendo sobre ellos una oscura e interminable sombra de angustia: Reinita no me iba a querer. No podría quererme y aunque pudiera no lo haría. No lo iba a hacer entre otras cosas porque en esta casa nunca me han querido, aquí sólo saben de desprecios y miradas de asco; el único lenguaje que conocen es el del odio; cuando mucho habrán llegado a tolerarme, a soportar junto a ellos mi presencia indeseable no más que por muy breves momentos. Imaginaba que Reinita iba a ser como los otros, igual que ellos e incluso peor. También en esto me equivoqué. Con ella todo fue distinto, tan distinto que puedo decir que fue ella en esta casa la única persona que me quiso, siempre me quiso, empezó a quererme desde el primer momento en que pudo ver este par de ojos míos, estos dos globos de cristal hinchado y baboso que me sirven para mirar las cosas, asomándose por encima de las barandas de su cuna. Saludó mi fealdad con una sonrisita minúscula, un guiño de algodón, un gesto sin palabras porque a esa edad no se tienen palabras, ni se necesitan, para decir nada, para nombrar el mundo, para describir aquello que vamos atrapando con la mirada. Después ya nunca cambió. Nunca fue de otro modo ni se comportó conmigo de manera diferente. Siguió siendo como aquel primer día en que me permitieron acercarme a su cuna y mi Reinita, en lugar de asustarse, llorar o cualquier otra cosa posible, sonrió, divertida y curiosa, al descubrir el rostro de aquel renacuajo que en ese momento se empinaba sobre sus paticas para poderla contemplar.

Inicialmente me habían prohibido acercarme a la niña. Por ningún motivo podrás hacerlo, dijeron. Es mejor que ella nunca lo vea, sentenciaba Doña Carmen. Podría asustarla, agregaba el Viejo y luego se quedaba pensando, dudando respecto de qué decisión tomar en este caso. Ernesto sugería, y era apenas lógico, el encierro como alternativa. Habrá que regresarlo al sótano, decía. Muchas veces alcancé a oír conversaciones como ésta. Finalmente no me encerraron, o al menos no lo hicieron en esa oportunidad. Cuando al fin Reinita pudo caminar, cuando fue capaz de andar en equilibrio sobre sus piernitas, empezaron a llevarla al jardín por las tardes. Acurrucado y oculto detrás de unos arbustos me quedaba observándola por largo rato, deseando no ser visto para no ir a molestarla, en vano pues ella siempre se las ingenió para verme, siempre logró percatarse de mi presencia. Los ojos de ella eran capaces de ver cualquier cosa que quisiera, entonces me vio, muchas veces me vio y eso sirvió para que pudieran comprobar que a la niña, en definitiva, no la asustaba mi aspecto, no la afectaba, al contrario, más bien parecía divertirse conmigo, le brillaban de curiosidad los ojitos buscándome cada tarde hasta ubicar mi escondite, entonces corría y me sacaba de entre los rastrojos tomándome de la mano. Ocasionalmente me permitieron jugar con ella. Decían, si la niña quiere, y afortunadamente quiso, ella siempre quiso y siguió queriendo hasta muchos años después, incluso en la época en que, estando ya crecidita, había entrado al colegio. Nos hicimos inseparables y juntos descubrimos muchas de las maravillas que albergaba aquel jardín enorme durante tantos años invadido por nuestras risas, alimentado por el alboroto que armábamos con nuestros juegos. Fue Reinita quien primero me puso sobre aviso respecto de los ruidos que, de noche, brotaban de la laguna. Junto a ella descubrí aquel universo y pude al fin aventurarme, con pasos torpes, a llevar por vez primera mi pobre cuerpo hasta el sitio donde se encontraba el estanque, en cuyas orillas nos sentábamos, muy calladitos, mi Reinita y yo, a masticar en silencio pensamientos hasta que la luna empezaba a bordar, con hilos de plata, su efímero brillo sobre el lienzo de agua.

Nunca voy a odiar la luna. Aunque digan que este cuerpo haya salido de sapo por obra suya, no voy a odiarla. Aunque la culpen de ser portadora de un influjo maligno. Aunque digan que con su luz ella va poniendo trazos de oscuridad en las mujeres de vientre inflamado, en esas señoras que van por ahí con un niño temblándoles en la barriga, a las que, saliendo a pasear de noche, se dejan tocar por la luz de la luna, a las que gustan de darse un baño lunar sobre la alfombra de hierba que recubre los jardines. No puedo. Ni siquiera poniendo en ello todo mi empeño podría odiar la luna. Puedo, sí, odiarla a ella, a Doña Carmen. Y la odio tal vez más por exponerse despreocupadamente al influjo de la luna, al influjo de su destello deformador de gente, hacedor de sapos. En fin, que la luna ni culpa tiene. Por qué habría de estar ella cuidándose de no tocar a las barrigonas que salen a pasear entre las sombras, dejándose acariciar por unos reflejos que, como fina lluvia plateada, se descuelgan de noche sobre los jardines del mundo. Es ella la culpable. La culpa es de La Doña y de nadie más. Aunque ya no vale la pena ni tan sólo mencionarlo, para qué si las cosas no van a cambiar, si todo ha de seguir como está, como estaba. Si este cuerpo de sapo va a seguir siendo de sapo y estos ojos saltones seguirán, sin remedio, desafiando miradas y despertando odios, motivando el asco y el rechazo dondequiera que vayan, dondequiera que los lleve, sea donde sea que me arrastren mis pasos.

El primero en morirse fue el Viejo. Lo trajeron una tarde en una enorme caja de madera con adornos de oro. Lo pusieron en la sala principal, que estaba toda cubierta con flores. Encendieron cuatro candiles cuya luz entristecía la atmósfera ya triste de aquel recinto en el cual nunca se volvió a oír desde entonces el cristalino chisporroteo de las risas que lo iluminaron en otro tiempo, en la época en que el Viejo celebraba en casa sus triunfos en eso que él llamaba la política y que es algo de lo cual nunca supe mayor cosa. Un cortejo monumental vino a hacerle compañía y hubo un gentío enorme el día que se llevaron la caja de madera que lo contenía. Sólo me dijeron que ya no lo veríamos más, que en ese momento lo trasladaban para un sitio llamado el cementerio donde permanecería desde ese día y para siempre. Quise estar triste pero no pude. La verdad es que no me salía la tristeza y a La Doña, al parecer, tampoco, porque se mostró todo el tiempo como muy tranquila, incluso llegué a verla sonreír en varias oportunidades mientras, en la cocina, impartía órdenes a la servidumbre sobre distintos pormenores. Con el cuerpo del Viejo se habrá ido también su nombre y hasta su recuerdo porque lo que es en esta casa nunca más se le volvió a mencionar.

Ernesto fue el segundo en turno para la cosa de la muerte. La noticia llegó una tarde de domingo. Me encontraba en el jardín, como siempre, contemplando en silencio la charca. De pronto veo a La Doña que se dirige, caminando, hasta donde yo estaba. Se detiene a uno o dos metros y permanece allí por algún rato, de pie, sin decir nada. Puede ser que me haya estado observando. Tal vez lo hizo, no sé. Tengo la mirada fija en una pequeña alfombra de hojas secas que flota sobre el estanque y no la miro. Entonces reconozco su voz, su voz de siempre, aquella voz fría y seca, sin matices. Me habla. Me está hablando de la muerte de Ernesto. Me dirige la palabra para informarme sobre la muerte de mi hermano y los pormenores de su entierro. Usando para ello el mismo tono que emplearía para dar instrucciones a la servidumbre dijo que Ernesto había muerto en un accidente automovilístico. También dijo que su cuerpo llegaría al día siguiente y dijo además que Reinita vendría para acompañarlo. Era ella quien había viajado para realizar el reconocimiento del cadáver y ahora lo traería a casa para despedirlo antes de trasladarlo al cementerio donde se le ubicaría, según mencionó La Doña, junto al Viejo. No me interesaba tanto la noticia de la muerte de Ernesto como el hecho de saber que Reinita volvería a casa, al menos por unos días. Cuando La Doña terminó de hablar se marchó, dejándome otra vez solo junto a la charca. Yo nada más pensaba en la niña, en Reina, en mi Reinita, a quien no veía desde que terminó el colegio y se fue a estudiar al extranjero. Ahora la tendría otra vez a mi lado y entonces podría contarle sobre los nuevos acontecimientos con las ranas del estanque, aunque quién sabe si ya no le importen tanto como antes porque es así, la gente deja de interesarse por las cosas. Lo que alguna vez nos gustó de pronto deja de gustarnos, así no más, sin que sepamos explicarnos el porqué. A mí me ha pasado con muchas cosas pero no con las ranas, cuyos cantos siguen pareciéndome una música maravillosa, el más lindo de los sonidos.

Aunque hablamos muy poco pude disfrutar de la felicidad que significaba para mí verla sonreír como en otros tiempos. Nada más llegando a casa corrió hasta el jardín para saludarme. Detenida junto a los rosales brillaba como una flor que va extendiendo sus pétalos para recibir la caricia del sol. Con los brazos abiertos y obsequiándome una de esas sonrisas que ella sabía regalar y que alcanzaban para borrarme del alma el más mínimo rastro de tristeza, me llamó. Pronunció mi nombre de un modo maravilloso, como sólo ella sabía hacerlo, dibujando cada sonido dulcemente, liberándolos con el suave aliento de la boca. En los labios de Reinita un nombre cualquiera puede sonar, no sé, como más bonito, como de verdad; ella es capaz de hacer eso, ella dice tu nombre y entonces uno existe, y es bueno existir aunque sea no más que por el hecho de que una boca como la suya pueda pronunciar alguna vez tu nombre. Me dijo, Luar, ven aquí que quiero abrazarte. Entonces corrí a su encuentro. Bueno, correr correr, no, porque no puedo, porque no me alcanzan las piernas para tanto, pero casi. Llegué hasta donde me aguardaba con los brazos abiertos y con ellos me envolvió. Haciendo que mi cuerpo temblara de felicidad me dijo Luar por segunda vez. Yo era feliz cada que ella me nombraba. Dijo Luar, mi Luar; cascabelito de luna, me dijo. Con los ojitos encharcados me dijo que tendría que marcharse de inmediato. Con un beso me hizo prometerle que no iba a estar triste. Dijo también que volvería pronto y así lo hizo. Volvió acaso más rápido de lo que ella misma imaginaba. La Doña nos hizo el favor. Único gesto de bondad de su parte, el único que llegué a conocerle fue ese cuando, en un arrebato de nobleza, le dio por morirse y entonces mi Reinita tuvo que regresar para hacerse cargo de los asuntos de la casa.

Los inviernos empezaron a ser tristes cuando, teniendo como escenario el canto alborotado de las ranas en el estanque, a mi niña, a mi Reinita, le llegó en turno la suerte amarga de tener que ausentarse para siempre. Difícil era creer que de aquel cuerpo iluminado, de aquella piel que seguía siendo de espumas con todo y el paso de los años, la vida haya decidido marcharse. Durante muchos años estuvimos solos los dos en aquella casa. Nada más que ella y yo, y claro, algún personal de servicio, reducidos en los últimos años a sólo dos personas, Francisco, el mayordomo, y Mercedes, encargada de la cocina y de la limpieza, labores para las cuales cada vez se les exigía menos, pues como todos en esta casa, también ellos se habían ido debilitando con el paso del tiempo.

Ahora, desde que no tengo junto a mí a mi niña, a mi Reinita, no hago otra cosa que estar aquí, junto a la charca, soportando en silencio el paso de las horas, esperando que otra vez llegue el invierno para contemplar las ranas en el apogeo del apareamiento, convirtiendo el estanque en un hervidero de sonidos, cantos que acabaron por fecundarme el corazón con amarguras, abriéndome en el alma un doloroso surco de tristeza. Pienso en ella cuando escucho las ranas en aquel alboroto festivo que poco a poco va creciendo desde la charca, y pienso en ella también cuando tales murmullos se ausentan del estanque. Su sonrisa se ha quedado detenida en mi memoria y permanece. De noche y de día la recuerdo. Día y noche están conmigo sus caricias, sus ternuras, el recuerdo de sus labios abriéndose para pronunciar mi nombre, reinventándome al hacerlo, devolviéndo-me a la vida, regresándome al mundo de los vivos con el simple acto de nombrar-me, diciéndome, como ella me decía, Luar, mi Luar, cascabelito de luna, rayito de luna sobre un manto de agua empozada; Luar, mi Luar, calabacito nocturno, garabatico lunar.

[Febrero, 2004]

MERCEDES

SUPONGO QUE ESTOY VIVA. HAY RAZONES PARA CREERLO. No sabría explicarlas porque no sé qué se debe decir para que la gente le crea a una que está viva. Podría decir que me llamo Mercedes, que respiro, que estoy aquí, que tengo treinta y ocho años y que vivo sola desde que a mamá le dio por morirse. Nada más. Pero eso seguramente no bastará. Nadie va a creerme que estoy viva, en especial porque yo misma no lo creo.

Paso los días lavando y planchando ropa ajena. Eso es lo que hago. Dos veces por semana voy a casa de doña Jacinta a lavar y planchar la ropa de ella y la de su hijo, además enormes manteles y unas sábanas finísimas decoradas con ribetes dorados, hechos con hilos de oro, que requieren lavarse a mano, con mucho cuidado. Todo allí debe tratarse con absoluto cuidado, nos lo ha dicho la dueña de la casa. "Y no hay que hacer ruido, para que no molesten a mi hijo". Cómo es de extraño el hijo de doña Jacinta. El hijo mayor, tal vez el único, porque al parecer no tuvo sino uno. Yo no he tenido ninguno y a estas alturas estoy creyendo que ya nunca voy a tenerlo, lo sé, y eso es algo que me pone triste, mejor dicho, más triste que de costumbre porque yo siempre estoy triste.

Ciertamente que es extraño el hijo de doña Jacinta. No habla. Pasa por el lado de uno como si nada, como si uno no existiera, como si en el mundo no existiera nada más que él... Bueno, él y doña Jacinta, que es la única que le habla en esos ocasionales momentos en que entra en su habitación. Yo nunca puedo oír lo que conversan porque estas paredes apenas dejan escapar un murmullo fino, un leve vestigio de palabras, un sonidito apenas audible que se escurre entre los intersticios y es como el ruido sordo que hacía el agua del arroyo de la finca corriendo a lo lejos entre los matorrales. Y siempre en el murmullo entrecortado y distante lo que uno puede adivinar es la voz de ella, que se reconoce por esos matices tan particulares, por esa manera suya de masticar las palabras en medio de una serie de silbiditos entrecortados que se le escurren por entre las comisuras de los labios. De la boca de él pareciera no salir nunca nada, ningún sonido, ninguna palabra. No es mudo, sin embargo, eso lo sé. No entiendo cómo se comunican. Tal vez entre una madre y su hijo hay formas diferentes de decirse cosas, maneras sutiles de entenderse. Tal vez. Yo no sé cómo es eso. Yo solamente imagino cosas. En fin... Porque esa casa es en verdad muy rara: una señora de setenta y tantos años y un hijo único que pareciera llevar toda una vida encerrado en aquel recinto que es su habitación. ¿Qué hará allí?, y ¿cuántos años tendrá? Yo creo que más de cuarenta; tal vez cuarenta y cinco o más. No lo sé. A ella no se lo pregunto porque sé que no le va a gustar. He sabido que se llama Ignacio. Lo supe una vez. Lo leí en unos documentos que había sobre su escritorio en la única ocasión que me permitieron entrar en esa especie de estudio enorme, por órdenes estrictas de la señora, para que organizara convenientemente el tumulto de libros, revistas y papeles que había esparcidos por toda la estancia. Él no estaba, por supuesto, ese día se había instalado de momento en otra habitación, tal vez la de doña Jacinta o cualquiera de las otras recámaras de esta casa enorme en la que han vivido, creo, desde siempre.

En esta casa no nos permiten hablar en voz alta y las personas que aquí trabajamos apenas si nos comunicamos para las cosas obligadas de las labores domésticas. Hace ya diez años que vengo dos veces por semana a lavar y planchar. Tanto tiempo viniendo a una misma casa y uno termina sin conocerla del todo, sin conocer a la gente que la habita, sin saber nada, sin desentrañar sus misterios, sin atisbar apenas un breve rastro de claridad en medio de tanta penumbra. Aunque a mí eso no me importa. Al menos no me importaba antes, pero ahora sí. Quiero decir que no me importaría si no fuera porque desde un tiempo para acá me ha parecido que el señor me espía. Sí, el señor, el hijo de doña Jacinta, que no sé en qué momento se dio cuenta de que yo existía. Antes pasaba por el lado de una sin mirarla, como si una fuera apenas un mueble más de los muchos que atiborran las estancias de este enorme caserón. Bueno, pues al señor le ha dado por mirarme. Me pregunto por qué me mirará don Ignacio. Tal vez no me mira en lo absoluto. Tal vez sólo lo estoy imaginando. A lo mejor me estoy volviendo loca de tanta soledad, de tanto silencio... No sé y tampoco tengo a quién contárselo porque no hablo con nadie. A lo mejor si uno las comentara con alguien entonces estas cosas nos pesarían menos. No sé. Yo tampoco sé hablar. Yo también soy como él, puro silencio. No hablamos porque no nos dan ganas de hablar, simplemente. A lo mejor a él le está pasando igual que a mí y entonces resulta que después de tanto tiempo le están entrando, como a mí, unas ganas tremendas de decir, de contar, de sentir. No sé, pero eso es lo que estoy creyendo a esta hora.

La soledad me duele en el cuerpo. La siento como un musgo leve creciéndome por todos lados, proliferándome en las alturas del miedo, ardiéndome en la geografía del deseo. Si me descuido empieza a crecer más rápido, a invadirme toda. Por eso me baño hasta cuatro veces durante el día, para no darle chance de que me invada todo el cuerpo, de que se apodere de mí. Me da miedo morirme sola. Me gustaría tener un hijo para contarle mi vida, bueno, para contarle cualquier cosa, porque la verdad es que de mi vida hay muy poco que contar.

He estado sola desde que murió mi madre. Yo siempre creí que eso iba a cambiar alguna vez, pero no cambió. Por las noches me quedo despierta hasta altas horas de la madrugada y entonces siento cosas adentro. El vientre se me agita y un calor me recorre el cuerpo. Siento fuerzas extrañas, como de volcán contenido, quemándome por dentro. No es bueno vivir sola. Tal vez los seres humanos no debemos estar solos mucho tiempo porque la naturaleza empieza a rebelarse adentro, a buscar salida. No sé si esto les pasa a otras personas pero a mí sí y me da miedo. Siempre lo mismo. Me tomo un té de limonaria para quedarme dormida y ni aun así. Las tres de la mañana. Un viento frío entra por la ventana pero dentro de mí un calor raro sigue agitándose, desquiciándome el sueño. Yo no sé cómo es esto. Cuando por fin logro quedarme dormida, la mayoría de las veces a causa del cansancio, empiezo a soñar cosas muy raras. En ocasiones sueño con él. Yo sé que es él aunque no recuerdo haberle visto el rostro en ninguno de estos sueños, pero lo sé, de algún modo lo sé, lo siento, y entonces me acomete una especie de vergüenza, siento una vergüenza que no puedo explicar que tal vez no debería sentir. Me encuentro siempre muy agitada y entonces me levanto y resulta siempre lo mismo. Hoy es miércoles. Hoy no tengo que ir a casa de doña Jacinta. Mañana sí. Empiezo a contar las horas, los minutos, los segundos... Siento unas ganas tremendas de estar allí, pero no puedo explicarme el porqué.

Si tan sólo supiera por qué razón me espía don Ignacio. Él es muy raro. Nunca sonríe, nunca dice nada, nunca pide nada y siempre anda como soñando, como si viviera en un sueño, en uno de esos sueños en los que no pasa nada, en los que nada ocurre. Parece un personaje de los sueños. Tal vez por eso lo he visto, o he creído verlo, en los míos. Al principio pensé que estaba loco, enfermo o una cosa parecida. A veces las familias adineradas tienen un hijo así y entonces lo esconden por pura vergüenza, para no darles que decir a las malas lenguas. Pero él no está loco. Uno lo ve cuando se deja ver, que es muy rara vez, y sabe que no puede estar loco. Es extraño, sólo eso. En su habitación, ya dije, hay un estudio lleno de libros y discos y basta ver aquellos libros así sin más, sin siquiera abrirlos u hojearlos, y luego verle el rostro serio y sin expresión para saber que los ha leído todos. A lo mejor alguna vez estudió en el extranjero y luego vino a encerrarse y no salió más. Algo grave le ocurriría por allá, tal vez, y de ahí quizá la manía del aislamiento. Si yo hubiera estudiado un poco más a lo mejor habría entendido lo que decían aquellos pergaminos enormes colgados en las paredes de su estudio, rodeados por marcos de una madera muy fina y protegidos con vidrio para evitar los estragos del tiempo. Pero todo allí estaba escrito como con unas palabras muy raras, armadas con signos extraños, que no se parecían a las letras de nuestro abecedario... bueno, sólo algunas. A lo mejor no son de él sino del otro señor Ignacio, su padre, a quien yo nunca conocí.

Mi mamá sí, pero nunca me habló de él. Alguna vez lo habrá hecho y yo sólo no puedo recordarlo. De todas maneras cuando llegué a esta casa él ya no estaba. De seguro había muerto. No sé. Nunca me enteré y doña Jacinta no habla de su vida con nadie, menos con la servidumbre. Esa señora sólo sabe dar órdenes y mirar con rabia a quienes las reciben. En su mirada hay siempre una especie de odio, algo como un desprecio rancio, incomprensible, por todos y contra todos.

En esta casa se vive en un silencio eterno de domingo a viernes, lo sé aunque yo sólo vengo dos días a la semana. Me lo han dicho las otras personas que trabajan aquí: Magnolia, la cocinera, y Consuelo, quien se encarga de limpiar la casa y atender la puerta, aunque esto último es apenas una manera de decir porque a esta casa nunca viene nadie. Hay también un jardinero llamado Pedro cuya labor consiste en atender los jardines interiores y exteriores de la residencia. Ellos saben, como yo, lo que ocurre aquí, y es fácil, porque aquí no pasa nada. Aquí sólo hay, entre pared y pared, un silencio espeso temblando sobre el polvo que, pese al esmero de Consuelo, prolifera en medio de tanto mueble, de tanta cortina, de tanto vejestorio.

Sólo un día a la semana se rompe la calma bajo estas paredes que son como una enorme tumba. Eso también lo he sabido por boca de ellos. El silencio que habita esta mansión sin edad se disuelve cada sábado por obra y gracia de don Ignacio. A partir de las ocho de la mañana empieza a recorrer los rincones gastados de la casa un finísimo hilo de música, una música muy dulce, un hilillo de sonidos celestiales urdidos como con instrumentos de cuerdas de oro. A medida que avanza el día, han dicho, el sonido de esa música va cobrando fuerza hasta hacerse totalmente presente, hasta apoderarse por completo de esta casa donde el tiempo parece dormir su sueño de siglos.

Nadie sabe la razón de esa música ni por qué sólo los días sábados. Para nadie resulta extraño, sin embargo, y ya ni siquiera comentan. Ya no dicen nada. Se sabe que es así, y nada más. Por un día como esos, un sábado en el que tuve que ir a esa casa no recuerdo muy bien por qué o para qué, supe que don Ignacio no era mudo. Lo escuché cantar y parecía como un milagro. Cantaba en un idioma extraño que su voz manejaba a capricho, convirtiendo aquello que salía de su garganta en un lamento, pero de un modo tan dulce que el corazón lo entendía todo, comprendía el matiz de tristeza que arrastraba aquella música nacida como del fondo del dolor. Aquel día esa casa tenía una luz extraña que no tiene ninguno de los otros días de la semana. No sé por qué quedé recordando esa música por mucho tiempo y por qué todavía la recuerdo. Una vez la escuché en la radio y esperé a que el locutor la identificara. La canción, a la que en la radio se refirieron como aria, o algo así, se llamaba *Una lágrima furtiva*. La verdad es que no sé qué quiere decir furtiva. Hay cosas que no entiendo, que no voy a entender nunca.

Presiento que hoy va a ser un día extraño, un día distinto, acaso triste, como son tristes algunos días, incluso más. Sin embargo no sé por qué. Desde que me levanté tengo como una angustia creciéndome adentro, algo que no puedo explicar. He tendido la cama, como siempre, y he puesto en orden las cosas de mi habitación; pero había algo que aún permanecía en desorden. Salí sin saberlo, sin intentar siquiera averiguarlo. Creo que, de algún modo, sabía que no podía hacerlo. He aprendido a vivir con ciertos desórdenes inexplicables que tienen que ver con el mundo de adentro, con algo que se nos agita bajo la piel pero que no entendemos, que no vamos a entender nunca. Cuando llegué a casa de doña Jacinta sentí un frío muy raro. Afuera hacía más bien un calor moderado. Una brizna tibia de aire acariciaba las calles de la ciudad y despeinaba los árboles en las avenidas, sin embargo aquí un frío extraño se apoderaba de los muebles y las paredes. No vi a nadie hasta cerca del mediodía, cuando encontré a Magnolia sentada en un rincón de la cocina. No supo qué decirme. Más bien no sabía nada, o no quería saber nada. Apenas murmuró "la señora ha dicho que en esta casa hoy no se cocina" y se volvió a encerrar en el silencio. Hacia las tres de la tarde, mientras miraba por una de las ventanas, caí en la cuenta de que la hierba había crecido desmesuradamente. Entonces supe que Pedro debía de hacer por lo menos una semana que no se encargaba de los jardines. Yo he venido siempre todos los martes y los jueves, sin embargo el jueves pasado no pude venir.

Para este momento ya no sólo sentía el frío como una presencia ineludible sino también un miedo denso, inexplicable, que me llegaba hasta la boca, que me hacía temblar los labios. Como a las cinco doña Jacinta pasó junto a mí como una sombra y no dijo nada. Bueno, ella nunca dice nada, pero esta vez fue diferente. Había desaparecido esa mirada de odio que lleva siempre colgando del rostro y en su lugar se había instalado una especie de tristeza, es decir, lo que uno imagina podría ser un rostro de tristeza en una persona como ella. Pasó y a su paso dejó una estela helada, un frío de muerte. Imaginé a doña Jacinta convertida en un fantasma, pero no, estaba viva. Sirvió algo de una de las botellas del bar y bebió un trago largo y luego dejó escapar un suspiro. Yo la observaba desde una esquina pero ella no me veía, o más bien no quería verme, no le importaba verme. Estaba mirando como hacia adentro, como recordando, como recogiendo cosas perdidas en ese espacio de olvido que debe ser su memoria. Casi podría decirse que estaba a punto de llorar cuando sonó el timbre de la puerta por primera vez. El timbre volvió a sonar apenas unos segundos después y la encargada no aparecía. Cuando el timbre de la puerta sonó por tercera vez tomé la iniciativa y me dispuse a abrir. Yo nunca había abierto esa puerta, jamás llegué a cruzar siquiera aquel enorme umbral de maderas antiguas, cansadas por el peso de los años y sin embargo fuertes. Siempre entré por la puerta de servicio, una puertecita pequeña como pasadizo de sacristía que se abre a un costado de la casa, a la que se llega luego de atravesar el jardín por uno de sus flancos. La puerta grande se deslizó suavemente una vez la abrí, produciendo apenas un leve ruido. Entonces vi a alguien elegantemente vestido que saludaba y preguntaba por la familia Uribe y Sarmiento. En ese instante yo sólo veía porque no podía oír nada, más bien no quería. Aquella persona deslizó algo ante mí, un papel, un recibo o cosa parecida. Adelanté, en un gesto casi automático, una de las manos con la intención de tomarlo cuando la mano de doña Jacinta, que había llegado junto a mí no supe cómo ni cuándo, lo arrebató. Noté que temblaba. Sin apenas mirarlo y dándose de inmediato media vuelta dijo, con una voz que parecía un lamento, una voz como un suspiro entrecortado, de una tristeza absoluta: "Dígales que pasen". Entonces lo entendí todo. Supe el origen del frío, la raíz del miedo que me había acompañado desde esta mañana. Lo que hace unas horas no pudo ser siquiera un presentimiento se convirtió de pronto en una revelación. Sentí que me abandonaban las fuerzas, que me hundía en un abismo, que me sumergía en un mar de dolor. No sé cuánto tiempo estuve allí. Apenas recuerdo unos hombres que entraban y acomodaban cosas, movían muebles, encendían velas, hasta que la penumbra de la sala estuvo apenas iluminada por cuatro cirios enormes puestos sobre elegantes candelabros del color del bronce. Aquella tarde doña Jacinta hizo que la servidumbre se marchara más temprano que de costumbre. Así que nadie vio nada y, en cierto modo, nadie supo nada. Anduve un rato sin saber hacia donde me llevaban mis pasos. Floté en medio de una multitud de personas que no conocía. Las calles me arrastraban hacia el ruido, hacia la muerte. Entonces toqué en el bolsillo algo como un papel, un sobre. Era una carta. No sabía cómo había llegado hasta allí. La desdoblé casi sin ganas y descubrí una letra minuciosamente construida, delicada, una caligrafía hermosa, de una elegancia de otro tiempo... Reconocí su letra en una letra que nunca había visto. Mis ojos rodaron sobre aquella caligrafía que ascendía y descendía en figuras de acrobacia, elegantes y precisas, y empecé a leer: ...*Escapado del miedo y con el propósito de instalarme en tus pensamientos, te escribo. Debes saber que he estado esperando este momento por mucho tiempo y que ya no me importan ni la muerte ni el silencio, porque sé que desde ahora empezaré a vivir en tu recuerdo. De noche me acostumbré a caminar hasta tu casa para vigilarte el sueño desde aquella calle estrecha llena de balcones. Siempre estuve allí, esperando y sin poder decirte nada, sin saber decirte nada, sin atreverme siquiera a llamar a tu puerta, aquel santuario que me aislaba y te aislaba. Tal vez tenga que irme muy pronto, pero entonces nunca sabrás, nunca podrás saber, lo que tanto ansiaba decirte. Por eso te escribo. Me pregunto si no será, sin embargo, en vano...*

Ignacio

[Agosto, 2000]

BAJO LOS PUENTES

Imagen de baja resolucion: Remplazar por arte en Illustrator

YO SABÍA QUE MI VIDA IBA A SER ASÍ. LO SUPE HACE MUCHO tiempo. Casi puedo decir que lo sabía desde siempre. Cuando tenía cinco años empecé a reconocer la soledad en la que me habían obligado a vivir. La soledad es como una lluvia fina que no ha dejado de acompañarme toda la vida. Yo no soy como esa gente que sabe decir las cosas y que le salen tan bonitas, pero yo creo que la soledad ha sido así, por lo menos para mí, y así lo digo. Yo he sabido vivir en el silencio y nunca sentí miedo de dormir bajo los puentes. Qué va, una se acostumbra, y a la final ya ni importa. Total, ahora estoy aquí, esperando, que es lo que he hecho toda la vida, esperar sin saber qué, o mejor dicho, sabiendo y no sabiendo que es como estamos los que alargamos a diario la noche a punta de esta mierda.

Yo no creo que sea bueno morir, pero a estas alturas ya no me interesa. Estar vivo tampoco es bueno, pero ahí vamos. Yo siempre supe que iba a ser así y así es. No sé si pueda cambiarlo y tampoco sé si quiero. Espero. Se trata de lo que mejor sé hacer y sin embargo todavía me fastidio.

Cuando la gente dice que va a venir debería venir. Para qué lo dejan a uno esperando. Mejor que digan que no van a venir, desde el comienzo, y así se ahorran ellos la angustia y de paso le evitan a uno el fastidio. Pero uno no sabe qué puede haber pasado. El man ese se fue a hacer un cruce y cualquier cosa puede ocurrir en estos casos. Es el mismo cuento de siempre. Siento una rabia que no debería sentir y tal vez me da hasta vergüenza y pesar al mismo tiempo porque el tipo ese a esta hora a lo mejor esté tirado en algún basurero con una bala puesta en la frente, y quieto, quietecito, durmiendo como un niño su sueño eterno.

¡Qué va! Ha sido así tantas veces y tantas otras todo lo contrario. Es así. En muchos casos sucede que es el contacto de uno el que se quiebra al otro y entonces tiene que perderse del mapa no sea que el muñeco tenga dolientes y entonces, preocupado por no quedarse por ahí dando bandera, se pierde, desaparece, olvidándose por completo del negocio que habíamos hecho. Suerte que tengo reservas porque si no cómo aguantaba este frío tan macho que sopla aquí. No lo aguanta nadie. Este frío sólo existe bajo los puentes de Bogotá. Allá arriba el frío no es nada. El frío de ellos es un frío para turistas envueltos en ternos de lana, para turistas de guantes y bufanda, para esos pobres señores que van por la vida dizque conociendo mundo. Llegan y se marchan de todos lados y siempre igual: se van sin saber nada, sin conocer la vida. Aquí no hay espacio para ellos. Aquí sólo quepo yo y, del otro lado, los gamines de siempre oliendo Sacol, perfumándose los pulmones con pegamento para olvidar el hambre que los persigue.

Yo sabía que iba a ser así. Lo supe siempre. No necesité imaginarlo o soñarlo. Ni siquiera me hizo falta verlo en una película. Simplemente lo sabía. Lo sé. Como sé tantas cosas y otras no. Es lo que me pasa siempre con las horas. Yo creo que he estado aquí mucho tiempo, pero no sé cuánto. Nunca he entendido los relojes, creo que hablan un lenguaje que yo desconozco. Para mí las horas pasan, simplemente, y algún día dejarán de pasar y entonces todo será distinto; no sé cómo pero creo que va a ser distinto. Yo pienso que he estado aquí toda la vida. Tal vez he estado aquí desde que me parieron. No me extrañaría. Entonces todo esto sería sólo como un sueño de bazuco. El bazuco fue la primera cosa que conocí en la vida. Yo nunca olí pega, salté directamente de una teta a un pitillo de bazuco y luego empecé a pincharme y olvidé todo lo demás. De eso hace ya como cinco años. Ahora tengo quince. Cómo pasa el tiempo y uno sin entenderlo. ¿Dónde estará Pedrito a estas horas? ¿Se habrá olvidado de mí? No lo creo. Ese pelao es de los que no olvidan. Tan verraco. Aguantó hambre como todos los demás pero fue el único que nunca le empujó al vicio. Tenaz. En estos días, si está vivo, debe de tener como dieciocho. Dieciocho años y unos ojos azules como dos faroles que le iluminaban esa cara tan bonita que tenía, o tiene, si no se la han marcado con alguna caricia de navaja.

Es curioso las cosas de las que se acuerda uno a estas horas. Ahora sé que el man ese del cruce no va a venir y yo no voy a esperarlo más. Pero tampoco puedo irme. No soy capaz. Tengo la sangre dormida entre las venas y ya no sé si es por el frío o por el ácido. Si hago un esfuerzo tal vez pueda caminar, pero qué va, me pongo a pagar, a dar bandera, y eso no sirve. Arriba la ciudad es un infierno a esta hora y aquí el frío de la madrugada no es nada comparado con la muerte segura aguardándote allá arriba en cualquier calle.

Los pelaos de enfrente como que no se han dado cuenta de que yo estoy aquí si no ya se habrían dado una vueltecita para ver si pueden calentarse conmigo o para bajarme cualquier cosa que tenga. Son apenas unos pelaos pero son muchos y si me agarran me revientan. La otra vez fueron dos y no pasó nada. Claro que dolió, pero no pasó nada. Una no hace ruido, no dice nada, se queda quietica y callada y entonces ellos hacen lo suyo y se van rápido. No hay que gritar, eso les da más ganas y quieren seguir y no paran hasta que te calles o te mueras. Pero no, se fueron porque yo no grité. Pero los vi y los quedé conociendo, aunque eso para nada sirve tampoco si una no tiene quién la defienda y quién te va a defender si cada cual anda es pendiente de lo suyo, qué les importan los otros. Aquellos muchachos son muchos, deben de ser como ocho, no sé, pero creo que son como ocho. Si me ven se me vienen encima y entonces sí no hay escapatoria. Se me encaramarían como hormigas y yo estaría como una cucaracha patas arriba sin poder hacer nada como no sea esperar que me devoraran viva. No alcanzo a ver ni a oír nada. Tal vez ya se fueron o a lo peor están por ahí escondidos, espiándome y acercándose lentamente, esperando a estar seguros de que el frío me ha inmovilizado para brincarme encima como ratas hambrientas. Qué raro, tanto tiempo bajo estos puentes y yo nunca he visto ratas. De seguro hasta habrá gente que se las come. No sé, se ven tantas cosas raras en el mundo y el hambre obliga, yo lo sé, pero yo nunca he comido carne de rata, bueno, por lo menos no que yo sepa.

Tengo sueño, pero no debo quedarme dormida. Si uno se duerme, se muere, decía Pedrito, hay que estar despiertos me decía y se ponía a jugar conmigo cualquier cosa sólo para hacerme reír. Él fue el único que me hizo reír alguna vez. Con él entendí la risa y conocí un poco la felicidad o por lo menos lo que yo creía era la felicidad. Pero él ya no está más. Un día se fue y me volví a quedar sola, como siempre.

Es que, cómo les digo, yo sabía que iba a ser así, por eso no hago nada para resistirme. Espero. Es lo que mejor he hecho toda la vida, esperar sin saber qué. Bueno, ahora sí sé o creo saberlo. Es la primera vez que espero sabiendo lo que va a ser y sin embargo no me da miedo y cómo me va a dar miedo ahora si no me dio miedo cuando tenía cinco ni cuando tenía diez y en esa época estaba, como ahora, sola, bajo un puente como este, tal vez distinto o tal vez este mismo, eso uno no lo sabe nunca porque todos los puentes son iguales: el mismo frío, la misma soledad y la noche como una sombra idéntica, desnuda y triste.

Yo sabía que iba a ser así. Siempre es así. Uno empieza por no importarle nada y de pronto arranca a recordar y se acuerda uno de todo. La vida pasa ligerito por nuestra mente como si fuera cine en cámara rápida, a no sé cuántas tristezas por segundo. Lo ves todo y ya nada te preocupa porque es el fin. Ya no siento frío y todo está como más oscuro. ¿Alguien estará apagando las luces de la ciudad o soy yo quien se apaga lentamente? Ya no sé. No puedo saberlo. He empezado a olvidar, a olvidarme. Por ahí sigue la cosa, supongo... Ya no sé. ¿Seguirán esos muchachos allá, al frente?

[Mayo, 1998]

❋

LA MUERTE ES UN RECUERDO LENTO

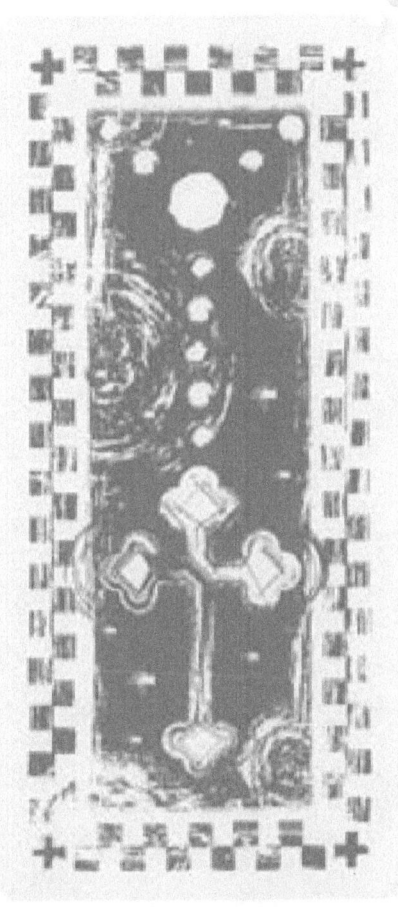

DELIA ME FUE ABRAZANDO LENTAMENTE. DE A POQUITO se fue doblando, haciéndose menudita contra mi pecho. Hace rato, luego que dejó caer su cuerpo blandito sobre este cuerpo mío, reseco y duro, se quedó dormida en medio de un llanto leve, un llanto cansado, hecho de agobios, trajinado de dolores. Tengo la impresión de que se ha ido, no puedo explicar por qué lo creo así pero sé que se ha ido, de algún modo lo ha hecho y ya no está más para sentir en su cuerpo –tal vez eso sea lo mejor para ella– este viento de odio, el vendaval de muerte que arrastran estos días. No la siento, no siento su peso que es poco peso pero que debería sentirse, apenas me llega el murmullo minúsculo de su respiración y por eso, sólo por eso, sé que sin embargo está aquí, que sigue aquí aunque yo no la sienta porque he dejado de sentir, y que se ha convertido en una sombra callada y triste pegada a mi piel.

Tu ausencia nos ha dejado un dolor que ya no nos cabe en el pecho, pero es un dolor mayor el que siento por ella, por Delia, que apenas empezando a vivir ya ha tenido que ver cosas que no deberían verse nunca, que nadie debería ver y menos una niña como ella que es un ángel, con unos ojos de ángel que no le caben en la cara, unos ojos que se abren como para atrapar las cosas, pero sólo para atraparlas, para beberse entera la realidad con esos ojos que más que mirar tocan lo que ven. Sí, ella es así, atrapa entera cada porción de realidad que le toca vivir pero no para comprenderla, que entender tamañas cosas no se puede, quién va a poder, no puede nadie y menos ella, tan escasita de años y tan llena de cosas bonitas, tan surtidita su alma de vainas buenas.

A ella le tocó ver cómo a Esteban, al hijo de Juana, le hicieron trizas el vientre y le desfiguraron el rostro al escupirle un aguacero de plomo sobre su cuerpo delgado y alto. Eso fue a finales de noviembre, y noviembre, ¿si recuerdas?, fue un mes raro, lleno de unos días raros, días como amontonados, días turbios fueron esos, un enredo de días que pasaban como sin querer pasar y le iban dando a la gente la oportunidad de detenerse en aquellas cosas minúsculas y extrañas que se veían por primera vez, como cuando empezaron a morirse los geranios que teníamos sembrados en el patio, así, de pronto, rapidito se iban secando, en apenas unas pocas horas que yo creo más bien que fueron minutos. Entonces vino Jesús y dijo que era una señal, un indicio de lo que venía, de lo que estaba por suceder y nadie le hizo caso porque nunca nadie le hizo caso y para qué se le iba a hacer caso en ese momento y resultó que sí, que era un anuncio, pero el anuncio se quedó cortico, resultó pequeño, lo achicó la realidad. Delia también estaba presente el día en que hasta el sitio donde se había reunido el grupo de muchachos de la cuadra llegaron aquellos sicarios, los mismos que, luego de mirar con ojos de quien trae la muerte, dispararon sobre Pedro, el sobrino de Ignacio, el tendero, mojándole de muerte el rostro y las ropas porque las balas habían penetrado, certeras, destrozando tejidos, agujereando piel, chispeando sangre, en el pecho del muchacho. Uno se pregunta y no entiende cómo es que pueden suceder estas cosas, y aunque sucedan se comprende menos cómo es que andan semejantes tragedias persiguiendo los ojos grandes de esta niña para metérsele adentro y ensombrecerle el alma arrancándole de un mordisco la tranquilidad a una criaturita que sólo sabe mirar y hacer silencio, que va por el mundo como una nube silenciosa, como una nube con ojos regalando sonrisas. Y ese silencio suyo, que es mucho silencio y es extraño pero que es así porque ella habla un lenguaje de sonrisas al que no le hacen falta las palabras se hizo doblemente silencio y fue mayor que el silencio de todos los que estábamos allí en el momento en que recogieron tu cuerpo; y fue seguramente en ese instante, en aquel pedacito de hora, en ese recortico de minuto, que esta tristeza que se le ve en el rostro, esta tristeza cargada de muerte, olorosa a muerte por los cuatro costados, vino a instalarse en su memoria breve de nueve años.

Por las noches la despiertan a veces unos sobresaltos que me encogen el alma: su cuerpo se quiebra y suda como enferma y se agita, débil, sobre la cama en el cuarto donde duerme sola. Ahora está durmiendo en mis brazos o al menos yo creo que duerme, y yo sigo aquí sin apenas moverme para no despertarla, que no se vaya a despertar, para qué, que siga allá, con sus ojos de nube navegando su río de sueños, ese río tibiecito que son sus sueños, donde debería permanecer siempre pero no, está aquí y yo la estoy sosteniendo contra mi pecho aunque no la sienta, y la estoy meciendo muy suave, suavecito, para que sueñe mejor su sueño flotante en el que yo me voy convirtiendo poco a poco en un bote de madera antigua, un botecito apenas, un tronquito viejo que la va llevando por aquel río sin poder sentir su peso de nube, esa liviandad de algodón de que está hecha. No la siento y eso ha de ser por lo mucho que me gustaría que se quedara en aquel mundo de sueños, lejos, muy lejos, donde no llegue este olor a muerte, donde no le toque ver y vivir otra vez lo que aquí ha visto y ha vivido y que me duele tanto porque no debería ser así pero fue así, es así y es un dolor que va creciendo con los días y se hace mayor con los años porque es pena que se dilata con el tiempo y te va inundando el alma de soledad, una soledad que nos va a quedar ardiendo en el cuerpo por muchos años, por los años que nos toque vivir.

Nos hemos quedado solas, tan solas que ya reconocemos la soledad como una compañera y la soledad es también esta cosa que nos va quemando la piel como un veneno penetrando lento por los poros hasta llegar a la sangre y de ahí nos sube por las venas y nos ensucia de dolor el corazón y casi no nos deja tiempo ni ganas para el sueño tranquilo. Por eso la dejo dormir ahora, por eso no la llamo. Si la llamo es para seguir con el rosario pero no, para qué, prefiero verla dormida, soñando, porque yo sé que sueña aunque ella no lo diga, aunque no cuente nada porque ella nunca cuenta nada. La veo y sé que sueña porque con sus ojos me va contando los sueños y una sabe que son lindos y que merecen soñarse; son tan buenos sueños que hasta se le salen por la risa, cuando se ríe, bueno, cuando se reía, porque ahora no la he visto reír más, pobrecita.

Quedarse solo es también morirse y hasta peor porque no se olvida, no se puede olvidar, nunca se olvida, se engañan los que creen que es posible el olvido, que pueden borrarse los recuerdos. No, apenas les ponemos encima un pedazo de silencio pero el dolor sigue, se arrastra con los años, porque aquella sangre era tu sangre, la de los tuyos que te los han arrebatado y el dolor bebe de esa sangre día tras día, se nutre de ella, se humedece en ella y se va volviendo pura tristeza y soledad, únicas cosas que quedan dentro porque te las ha puesto en el alma el río de sangre que se los llevó. La muerte es esto y es más, la muerte es un recuerdo lento: se siente como que se hunde uno en todas sus tristezas, que nos vamos de jeta contra un mundo de sombras, un moridero nocturno en el que el hombre es apenas un trocito de nada, un oscuro rinconcito de tristeza acurrucado en el olvido, en ese olvido falso por el que se arrastran los días. La vida es apenas una agitación de árboles bajo un crudo vendaval de mayo. Está hecha de tristezas y por lo tanto es triste; es triste y duele..., duele hasta más allá del miedo y del silencio, de todo... Y el silencio es muerte y es también el vacío, un desfiladero pues, como si se abriera en la memoria una bocaza de miedo, un agujero oscuro como un bosque, como el mar por la noche, un abismo por el que se despeña la vida arrastrando a los hombres que son sombras, llevándoselo todo.

Me gustaría permanecer así eternamente. Quedarme aquí, así, sosteniendo a Delia en mis brazos, sin sentirla pero sabiéndola a mi lado que resulta cosa como de magia esta que la vida pone en las madres y que nos permite sentir sin necesidad de tocar, que palpamos es con el corazón. Quedarme así, adornada por una luz como la de estos cirios que llevan horas chispeando fantasmas contra las paredes de esta sala repleta de sillas vacías, inútiles, que sólo sirven para hacer más grande nuestra soledad. Estar así, simplemente, y sin pensar en nada, de a poquito, lentamente, dejarme caer en el silencio y no sentir. Pero siento, siento mucho y por sentir tanto regreso y te veo allí, te imagino allí, en el centro de todo y de nada, como un pobre pájaro muerto nadando en formol. Tal vez a estas horas andarás ya por otros lugares, escapándote de la muerte como te fuiste de la vida, huyendo de todo y de todos, pero no por miedo ni por rabia sino por esa manía tuya de no ser de este lugar sino de todos los lugares y de ningún lugar al mismo tiempo. No, no te recrimino, ya para qué si no le recrimino ni a la vida el que nos hayamos quedado tan solas, tan muertas, porque resultaba cierto lo que decías que era más muerte la de los vivos, los que se quedan, los que quedamos aquí haciendo frente a unos días de los que nunca se sabe qué van a traer. No te recrimino como no lo hice en su momento con tu padre ni con tus otros hermanos por dejarnos solas tan temprano y ahora eres tú y me dueles más, todavía más porque te habías convertido en nuestra esperanza, en la posibilidad de aferrarnos de algo en momentos en que ya empezábamos a sentir el frío de la soledad arrastrándonos hacia su abismo, esta soledad que ahora duele como un cuchillito que se nos va clavando, lento, en el pecho.

Ya ves que nadie ha venido y sólo quedamos tu hermana y yo intentando sobrevivir en medio de este vacío que nos deja tu ausencia. Nadie vino esta vez como no lo hicieron antes y es cosa que se entiende. Nadie se siente obligado a venir y tienen mucha razón. La muerte es de uno y es sólo de uno el dolor y de uno nada más el vacío que nos deja, el frío que nos pone en el alma. A cada quien sus muertos y su tristeza. Todos tienen sus propias muertes, sus dolores, y todos padecemos, por su causa, idéntica soledad que nos va desgarrando las horas y los días.

Por la puerta está entrando un olorcito conocido, ¿sabes?, un olorcito de muerte, amargo, como es amarga la pena extendida. El viento pasa cargado de sombras, mojando la tierra con su brizna mortuoria. Ya pronto va a amanecer. Sobre las hojas de los árboles el aire frío se quiebra poblando de tristezas la madrugada. El llanto se me ha dormido dentro del pecho, lo siento como un rumor antiguo mientras arrullo a Delia en mis brazos. Ya ves, nadie. Nadie m'ijo. Nadie vino y tienen razón. A fin de cuentas, ¿para qué se iban a molestar?

[Diciembre, 2001]

❉

POR LA PENDIENTE

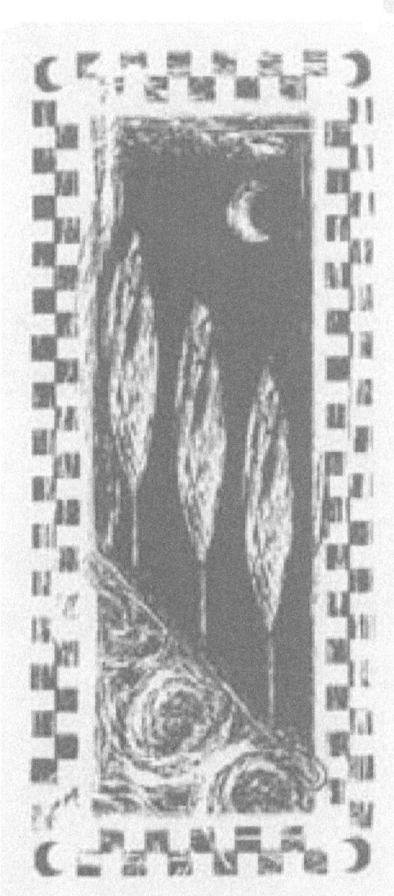

LA TARDE SE HABÍA CONVERTIDO EN UN NUDO DE SOMBRAS subiendo desde la enramada que bordeaba el camino en aquellos rincones perdidos de la mirada del mundo. Yo no soy de los que se asustan, no, señor, pero, ¿sabe?, empezaba a trepárseme un temorcito por las venas, uno de esos temorcitos que hace saltar la mirada a cada golpe de viento sobre las ramas, que hace que se nos inquiete el corazón ante el menor ruido, ante cualquier ruidito miserable, por el solo crujir de las hojas secas a nuestro paso.

La tarde, como le dije, se iba acomodando en los rincones del monte, se iba durmiendo entre los árboles para darle paso a la noche, para cederle turno a la oscuridad. Noche cerrada prometía ser. Noche sin estrellas que es noche común en estos rincones olvidados del mundo donde el negro tejido nocturno parece siempre más negro. Negrura de muerte. Noche cerrada se hizo. Noche sin estrellas. Noche atragantada de sombras. Noche sin luz. Noche que se tragó la claridad. Noche abandonada de estrellas. Noche que se bebió de un sorbo la cortina de plata que la luna descuelga sobre el mundo. Noche de recuerdos enredados. Noche amarga, como es amarga la pena que me temblaba en la garganta, en la seca garganta que hace rato había dejado de sentir el relámpago que nos brinca en el gaznate cuando apuramos un trago de aguardiente. Agua que quema. Agua de fuego que arde en la garganta. Agua milagrosa. Agua bendita. Buena que es esta agüita para ahogar la tristeza, para matar la pena, esta pena oscura como la noche. Pena que no se cansa de tanto doler. Pena que lastima. Pena que hiere, que nos deja en el corazón oscura herida. Herida de muerte que no mata, que nos pone el alma adolorida y triste y esto resulta peor, sí. Lo peor es seguir vivos, compadrito. La muerte te saca del camino y ya no hay más y si lo hay ya no te importa y así es más fácil. Lo difícil, compadre, es seguir vivos; seguir andando estos caminos. Seguir así, como voy, desandando por estos rumbos que no son rumbos la tristeza, esta pena amarga que no cesa, no, que sigue, que avanza, que se vuelve sombra. Pena que se te instala en el recuerdo, que persiste. Penita, pena que te acuchilla el alma. Pena que nos va desangrando el corazón poquito a poco. Pena que dura. Pena que vuelve. Pena hijueputa, compadre, eso es lo que es. Pena que nos revienta la esperanza y nos convierte en sombras la existencia, sí. Así somos, así vamos, así voy, atragantado de recuerdos, compadre, convertido en una sombra, en una sombra triste.

Uno anda por estos caminos buscando el olvido, pero el olvido no existe. El olvido es un sueño. Uno cree que sí, que es posible olvidar, pero qué va, no es posible, compadre, nunca se olvida. Persiguiendo el olvido vamos y a cada vuelta del camino nos salen al paso los recuerdos, esa adolorida porción de memoria que nos desangra. Entonces reaparece, en el silencio, la tristeza, y la tristeza es una fiera que nos persigue. Pura zarpa y diente la tristeza nos acorrala el corazón y nos devora la tranquilidad a dentelladas. Pero para qué hablo de tranquilidad, compadre, si eso ya no existe más. No existe, no. Es un recuerdo, un recuerdo que nos está doliendo desde aquellos años, los que vinieron después para despedazarnos los sueños. Nos robaron la paz, compadre. Nos mataron la tranquilidad. Nos embarraron de miedo las miradas. Nos volvieron un manojo de sombras asustadas, sombras temerosas. Puro temblor, éramos, puro susto. Susto de muerte que nos obligaba a estar siempre acurrucados en las sombras, en el miedo. Usted hubiera visto a los muchachos, compadre. Los ojos se les brotaban de las caritas hinchadas de susto. Eran un solo temblor y así iban los verraquitos, así íbamos todos, como animalitos escondidos, sombras enredadas entre las sombras, entre los matorrales.

Con qué ganas va uno a hablar de tranquilidad, compadre, si de eso ya no hay más. Se nos extravió la palabrita, perdió su significado, dejó de ser, la despanzurró la muerte letra a letra, la misma muerte que con sus garras nos arrebató la esperanza. La muerte artera que nos dejó sin familia, sin hijos, sin mujer, sin tierras, sin nada, compadre, sin nada. La muerte, sí, esa sombra mala que se arrastra por las noches, la misma sombra avorazada, furtiva, que aprovechando las tinieblas bajaba al pueblo por las laderas de la montaña, despeñándose por la pendiente para después arremeter con todo y contra todo. En noches como esas, compadre, en esas noches eternas, empezó el miedo a germinar en estas tierras en las que en otro tiempo relumbraban, desde las altivas cumbres, sus laderas montañosas preñadas de cultivos buenos. En esa eternidad de muerte se nos fue la paz y empezó esta tristeza a recorrerme el alma.

Qué carajo, compadre, ¿cuál paz? ¿Usted cree que esas sentaditas dizque a dialogar, sirven para algo? Claro, de servir, sirven; sirven para darle más chance a la muerte, para que ésta, como sombra agazapada, siga abriéndose camino entre los montes, avasallando pueblos, convirtiendo en infierno aquellas tierras, esas tierritas mínimas que representaban nuestra única posesión, esos pedacitos de suelo que no daban más que para alimentar a la familia pero que eran tierras buenas, tierras que tuvimos que abandonar ante el asedio y la amenaza. Tierrita buena, sí, especialmente buena por ser propia, por ser nuestra, y porque nos aseguraba el pan de cada día y uno tenía siempre algo que poner en la barriga de esos muchachos que íbamos echando adelante de la mano de Dios y con el alma cargadita de esperanza. Ahora ni eso, compadre, hasta la esperanza nos la arrebataron.

Era noche cerrada, compadre. Noche de sombras desencajadas. El alma anochecida quería salírsele a uno por la boca. En aquella espesura de sombras el recuerdo ennegrecido aceleraba el corazón. Un río de sangre atravesaba el cuerpo. Llovía sangre desde el recuerdo. Una avalancha de sangre sedienta de sangre me arrastraba. Sangre que brilla en la mirada. Relámpago ensangrentado que anima la venganza. ¿Miedo?, no. Del temor ya ni su sombra, compadre. Odio. Sólo un odio desencajado avivando la sustancia. Sólo una sed tremenda, una tormentosa sed de sangre y el odio, un odio reseco temblándote en la comisura de los labios. Sólo eso, compadre, sólo eso. De resto nada. Sombras. No se siente, compadre, nada. No se siente nada. Un acelerarse de intenciones. Un ir tan sólo. Un no sé qué. Un delirio de oscuridad. Un estar sin estar, sin ser. Un estar muerto ya sin estar muerto. Un como que nada importa, nada, créame. Y allí, en esa oscuridad de muerte, en medio de ese universo iluminado de sombras, sólo el brillo crispado del metal, esa luz minúscula, ese relámpago intermitente que te arrastra.

¿Sabe qué, compadre? Uno termina por no saber nunca nada. Usted me pregunta y, vea, yo casi que quiero decirle que sí pero es no. Es que no me acuerdo de nada y eso es cierto. Son cosas que ocurren tan rápido que uno piensa que en esos momentos el tiempo se acelera, todo, y en ese precipitarse de cosas uno acaba por no saber qué ha sido aquello y menos cómo. ¿Cómo ocurrió, me dice usted? Créame que yo mismo, ahorita, en este momento, quisiera tener la respuesta a esa pregunta. Estas cosas son así, deben ser así. Y vea, sabe que yo nunca imaginé llegar hasta este punto pero aquí estoy y si he llegado hasta este sitio por algo habrá de ser. Lo que no puedo, ni quiero, es mirar hacia atrás. Voltear la mirada en esa dirección es irme de jeta contra los recuerdos y eso no lo quiero. No quiero esos fantasmas, compadre, no quiero más hacerle sitio a la tristeza. Quiero, sí, inventarme un refugio en el silencio, entre las sombras, un refugio donde pueda, de a poquito, ir desenredando los hilos de la pena, de esta pena amarga que me acompaña y que soy yo, esta tristeza que viene y va por estos montes, que avanza a ningún lado. Este recuerdo atormentado en que me he convertido.

Desde lo alto de la cumbre puede verse el barranco, y más allá, mucho más allá de lo que alcanza a abarcar nuestra mirada, está el mar. Bueno, uno sabe que está el mar. Uno sabe que está allí aunque no podamos verlo. Es como una certeza y es así aunque no sepamos por qué. Está allí y uno acepta que es así aunque nunca hayamos ido más allá del límite de la cañada que mira de frente al barranco ese del que le venía hablando, a ese desfiladero que todos conocen y que puede verse facilito desde dondequiera que se mire. Los paisanos lo usan como punto de referencia, para ubicarse donde sea que se encuentren, en los montes. Es como si un relámpago hubiese arrancado de un solo tajo media montaña. Corte limpio, preciso el machetazo ocurrido de seguro en tiempos muy remotos porque desde que estas tierras tienen memoria aquello se ha visto así. Una rebanada de tierra abierta, un tajo sangrante que rebanó la montaña poniendo en su costado una eterna cicatriz anaranjada. Desde allí puede mirarse el conjunto de poblaciones: Dabeiba, Peque, El Salao, Montes de María. Un horizonte hecho de límites verticales. Pequeños terraplenes a los que se accede a través de carreteras que se empinan hacia las cumbres por unas montañas acostumbradas a mirar al cielo, hoy convertidas en un infierno de sombras, de muerte.

La muerte tiene nombre, compadre; es sombra que vuelve, que vuelve a ser, que se repite. Sombra burlona que juega con el tiempo y vuelve a mostrarse idéntica, duplicada, después de muchos años. Idéntico fantasma con el mismo nombre la muerte aquí se llamaba Capitán Veneno. Sombra parida entre las sombras, sombra venida de mala entraña, sombra de mirada retorcida. Sombra que desató la muerte y decretó la infamia por estos caminos, por estos pueblos. Pueblos de gente buena, de paisanos tranquilos forjados en el trabajo de la tierra. Gente noble, agradecida, acostumbrada a emborracharse la tristeza entre aguardientes y músicas de tiple; estirpe de bambuqueros hechos para el amor y la faena del campo. Gente buena estos paisanos, sí, y viene esta sombra mala a enredárseles en los sueños, a ensangrentarles la memoria, a enturbiarles la mirada, a envenenarles de miedo y odio el alma a una gente que no sabía más que de amores y nostalgias. Eso es lo que duele, compadre, lo que no se perdona.

Desde el barranco podía verlo todo. Los vi llegar. Los vi mientras iban saliendo del monte con sus machetes. Vi sus rostros y era un solo rostro el que veía: el de la muerte, y en ese rostro la mirada, esa mirada de odio que uno no entiende, que nadie puede entender. ¿Pero qué hicimos?, pregunta, desde el miedo, el corazón. Nada. No hemos hecho nada. O más bien sí, sí hicimos, sí somos culpables: nuestra culpa es ser campesinos y haber estado allí, habernos ubicado en pleno centro del conflicto, que es como dicen los diarios cuando hablan del asunto. Por atravesados, por habernos acomodado en el medio, por haber estado allí cuando ellos llegaron, cuando decidieron llegar, cuando les dio la gana, cuando a la muerte le dio por desbocarse y no encontró mejor lugar que estos rincones a los que no alcanzan a ver más ojos que los ojos desorbitados de quien lleva el miedo como una carga mientras la muerte le va soplando en el pescuezo su viento de odio.

Los vi cuando empezaron a avanzar hacia la plaza. Los vi poner mesas frente al atrio de la iglesia y los seguí viendo aún cuando obligaban a la gente a formarse frente a ellos.

Vi a un pueblo entero temblando de miedo. Un pueblo entero aguardando la muerte sin que nadie pudiera oír sus gritos. Desde la distancia vi cada rostro, oí cada grito, cada súplica. El odio me hizo un nudo agrio en la garganta. Cada golpe de machete me dejaba en el alma una marca de odio, un surco de ira contenida. La impotencia. La tristeza, sí, y otra vez el odio.

Al mediodía un río de sangre. La sombra triste de un centenar de cuerpos mutilados, cuerpos que ya no eran cuerpos, apenas un amasijo de sangre y lodo. Y en medio de todo unas manitos iluminando el paisaje, unas minúsculas manos alzándose como una flor, como una brizna de vida agonizante.

Los ojos ya no son ojos, compadre, los ojos se nos vuelven nada, dos esferas secas que ya no escupen lágrimas. No nos alcanza la tristeza, compadrito, no nos basta el odio, la rabia no nos sirve, nada, y uno sigue sin entender y volvemos a preguntarnos qué, qué fue, ¿qué cosa hicimos para merecernos tanta infamia?

[Mayo, 2002]

✿

LA RABIA DE MARIO

MARIO ERA, DE LEJOS, EL MÁS VERRAQUITO DE TODOS LOS pelaos de don Rodrigo. Todos lo sabíamos, todos sabíamos que ese peladito era un tal, un verraco para todo, y el que no llegó a creerlo antes lo pudo comprobar el día en que lo vimos armando aquel rompecabezas en que había quedado convertido el viejo después que explotara la pipeta esa que pusieron los cobardes, que puso la muerte verde en su negocito de mercancías, en el puestico de víveres que el viejo Rodrigo tenía en San Carlos.

Había que verlo al Mario, todo seriecito, de lo más esmerado, recogiendo aquí y allá los pedazos del cuerpo de su viejo. Los identificaba de una, no era que iba probando una y otra vez dónde encajaba este pedazo de brazo con el tronco que había quedado enterito, no, era que parecía que se conocía de memoria la anatomía de don Rodrigo porque, sin apenas equivocarse, lo fue armando así, rapidito, en tan sólo unos pocos minutos y sin soltar una lágrima. Con qué cariño iba levantando de entre los escombros cada trocito y hasta le hizo un chiste al viejo pero sin reírse, y quién se iba a estar riendo en esas circunstancias, le dijo: mire cómo vino a desordenársenos a última hora, ¿no?, don Rodrigo; usted que siempre estaba tan compuesto, tan de una sola pieza, y viene a acabar vuelto un desorden. Es que no parecen cosas suyas. Dizque así le dijo. ¿No les dije pues que es un verraco? Y cómo no va a ser un verraco, estando en esas y diciéndole a su papá, mientras lo iba armando trocito a trocito, semejantes vainas. Es que así es el Mario. Así era el Mario que todos conocimos, que todos conocemos y conocimos tal vez más o empezamos a conocer menos desde aquel día, desde aquella madrugada después de la explosión.

Luego se lo veía por las calles y no podía uno creer que veía lo que estaba viendo. Saludaba Mario, así: Buenos días don fulanito de tal, y don fulanito de tal le respondía: Buenos días don Mario. Aquel a quien Mario saludaba podría tener treinta, cuarenta, o tal vez cincuenta años, y estaba bien que se le tratara de don; pero Mario tenía tan sólo trece añitos y sin embargo se merecía el don porque así como ayudó a recomponer aquel día el cuerpo desmembrado de don Rodrigo, así mismitico pues se encargó de la familia, del negocio y todo pudo, en apenas pocos meses, recomponerlo de la misma manera. Todo le encajó igualito como le encajaron las partes del viejo, las mismas que luego ayudó a coser de cualquier manera, como pudo, y que él mismo envolvió con la ropa del viejo y luego ayudó a poner en el ataúd. Todo lo recompuso, sí, y recomponiéndolo se nos volvió adulto el peladito, se nos creció el Mario; se nos estiró de una el escuincle, pero en el rostro se le murió la sonrisa al niño y empezó a temblarle un brillo extraño, como de dolor, de rabia, de ira contenida, algo que amenazaba estallar algún día con una explosión seguramente peor que aquella que sacó a su papá, a don Rodrigo, en pedacitos, vuelto un rompecabezas, de este mundo.

A la sombra de los árboles de la plaza de San Carlos lo veíamos sumido en un silencio severo, inadecuado para su cuerpecito de adolescente, exagerado para su rostro pequeño, para esa lunita curtida que tenía por cara el muchachito. Era un silencio raro, un silencio que asustaba, un silencio nacido del dolor y sin embargo era un silencio sin tristeza. Nadie, que se recuerde, lo vio llorar alguna vez. Arrastró su pena con una valentía que ya sería difícil entender en un adulto, cuánto más en un pelao que no acababa de completar el quinto de primaria en la escuelita que manejaba la maestra Zoraida, aquella india culta y buena moza que arrancaba suspiros y le alborotaba el alma y los malos pensamientos a más de uno de los varones del pueblo. Ella tampoco entendió mucho, al parecer, el comportamiento de Mario, y aunque habló con él en más de una oportunidad no fue de mucho lo que le sirvió el estudio que tenía, que tiene, porque según se vio, ella tampoco supo qué decirle ni de qué modo aconsejarlo; ella tampoco fue capaz de sacarlo de ese mutismo en el que se había sumergido el alma del carricito.

Habló sólo para las cosas del día. Dijo lo que era necesario decir para que las cosas siguieran un poco como cuando estaba don Rodrigo. Impartió las órdenes de rigor. Se ocupó de que sus hermanitos siguieran estudiando y de que en casa no faltara nada. Se encargó de los asuntos de la tienda, negoció con los proveedores, pagó a tiempo las deudas acumuladas, pidió nuevas mercancías cuando fue necesario pedirlas, pero nunca habló con nadie de otra cosa, nunca permitió que otras personas conocieran lo que se le iba agitando adentro y que después se supo y a nadie sorprendió y aunque no faltó quién dijera que ya se imaginaba que por ahí venía la cosa era mentira porque nadie se imaginaba nada, nadie podía imaginarse nada porque el muchachito supo muy bien ocultar sus intenciones no más, porque no quiso, porque no le dio la hijueputa gana de que nadie siquiera adivinara lo que empezó a planificar seguramente desde el día en que le mataron al viejo y que estaría fraguando, en cada uno de sus detalles, durante tantos años hasta que se le dio la gana de poner en marcha su plan y, como había hecho durante todo este tiempo, no dejó siquiera una pista, o un resquicio para que cualquier zopenco viniera a asomársele al cofre de sus intenciones, a ese cofrecito minúsculo que le venía saltando dentro del pecho desde aquel día, desde aquella madrugada, animándole las ganas, empujándole el deseo, y que sin darse cuenta se le había convertido en un mar de odio seco, un odio sin lágrimas que le estaba quemando por dentro y que dejó salir de una sola vez, en apenas un día, y con las consecuencias que todos saben, que todos conocen y que todos callan porque desde el fondo de sus corazones lo entienden, entienden su rabia, la ira como sustancia y el infierno que le sobrevino cuando la inesperada muerte del viejo le cercenó de un tajo la alegría, le arrebató la infancia al niño y le convirtió los años por venir en un episodio de tristeza prolongada, en una nubazón de odio, en un delirio de venganza fraguado, en silencio, desde la tibieza sin manchas de su corazón de niño y que como una sombra clandestina y torturada le iba quemando desde adentro aquella piel de escasos años, su alma de niño apenas estrenada que, como una llamita, le iluminaba el rostro al chiquillo cuando cantaba en la iglesia padrenuestros y avemarías a la Virgen bendita, a María Auxiliadora.

[Mayo, 2002]

❂

NIEGUE

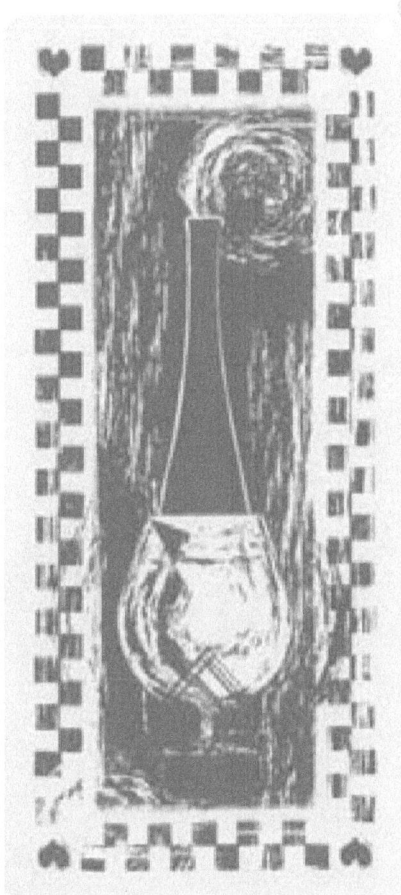

ESTUVO SECÁNDOSE EL CABELLO POR LARGO RATO. FRENTE al espejo redondo de la peinadora había permanecido desde hacía no sabe cuánto tiempo. Con una tranquilidad y paciencia que casi llegaban a sorprenderle había permanecido deslizando con pericia el cepillo por entre aquella mata de cabello que más bien parecía una maraña rebelde de fibras negándose a cobrar algún tipo de orden específico, el que requería, por ejemplo, su peinado de siempre, el de todas las noches, con una parte de la cabellera haciendo una cascada sobre su espalda y la otra acomodada en una ostentosa moña de proporciones imposibles, un inmenso cilindro de pelos, una nube de filamentos oscuros posada sobre la cabeza. Pacientemente, con diligencia y entrega repitió su doloroso y sempiterno ritual de fuerza con aquella mata de pelos rebeldes que le coronaban el cráneo pero que sin embargo siempre prefirió a las pelucas, a los artificios sintéticos e incluso aquellas elaboradas con cabello humano. Estaba para eso, para demorarse oficiando su inútil liturgia de embellecimiento que, a fin de cuentas, mínimamente le permitía que se le siguiera considerando original, al menos hasta donde se puede serlo en estos casos.

Cuando sintió que aquellas fibras rudas e indómitas se empezaban a comportar con suficiente docilidad, que habían sido sometidas hasta el punto de permitirle proceder a la sofisticada elaboración del peinado, entonces apagó el secador, lo desconectó y, luego de dejar el cepillo dentro de una de las gavetas de la peinadora, se puso de pie y fue hasta el balcón. Sintió la brisa sobre el rostro, aquel viento suave que jugaba moderadamente con su cabellera, ahora reducida a un amasijo de jirones sin brillo pero casi completamente lisos. Dejó que el viento nocturno le invadiera los pulmones y, mirando el cielo asperjado de estrellas, tuvo la certeza de que no serían entonces más de las ocho y treinta.

Volvió adentro sin cerrar las puertas del balcón y se dirigió al pequeño bar que tenía en un extremo de la habitación. Puso abundante licor, seguramente brandy, en una copa, y lo bebió en apenas dos sorbos. Tenía una risa desgastada que amenazaba con iluminarle el rostro embadurnado con una mascarilla de barro, o arcilla, de una cierta tonalidad aguamarina. Puso algo de música y volvió a servirse un trago igual al anterior, que bebió sin embargo con un poco más de moderación. Se estuvo un rato de pie, como mirando a ningún lado, con los pensamientos puestos tal vez en otro lugar o en otro tiempo. El espejo se bebía su imagen y le devolvía un reflejo infame que siempre prefería no estudiar con detenimiento porque entonces iba a acabar como siempre, lamentándose. Qué dura es la soledad, se dijo en un susurro que era al mismo tiempo un lamento. Puso la copa en una de las mesitas de noche y encendió un cigarrillo oscuro, alargado, que acomodó en el extremo de una de sus pitilleras preferidas, la de cuerpo dorado y boquilla de ébano. Aspiró profundamente y exhaló el humo de una manera casi voluptuosa, un poco como sobreactuando de propósito. Su voz agrietada se unió a la exhalación de terciopelo de una cantante negra y vieja, nacida en el archipiélago de Cabo Verde, cuya voz se deslizaba describiendo ondulaciones tristes sobre los acordes de un piano tañido por un músico de nacionalidad cubana. Como un lamento se oían aquellas dos voces diciendo: *negue, seu amor e seu carinho. Diga, que voce ya me esqueceu.* Suspiraba, bebía otro sorbo de la copa apenas empezada, daba una larga fumada al cigarrillo y luego volvía a unirse al canto: *Diga que ya não me quer; negue que me perteneceu, eu mostro a boca molhada, ainda marcada, pelos beijos seus...* Repetía esta canción una y mil veces. Aquellos versos y aquella música le resultaban siempre más dolorosos y embriagadores que cualquier licor y le servían para desahogar la pena en un ritual de despecho y de nostalgia que había estado oficiando desde hacía mucho tiempo, ya no sabía cuánto. En fin, que seguramente tampoco parecía importarle demasiado tal constatación porque su pena no era una pena reciente, ni remota, sino más bien una especie de pena eterna, una herida que traía en el corazón tal vez desde antes de haber nacido.

Tenía apenas unos diez años cuando su familia se mudó a una pequeña ciudad de provincia. Cursó estudios en la escuela de la localidad y luego ingresó al instituto de enseñanza media donde finalizó el bachillerato. Sin posibilidad de seguir allí estudios universitarios, pensó que sería una valiosa oportunidad conseguir que su padre le costeara estudios en la capital. El padre había accedido más para librarse de su presencia que por verdadero interés en ver que se recibiera en alguna profesión. Durante varios años le estuvo girando el dinero que requería para estudiar y vivir en la capital, si bien aquel dinero nunca sería invertido en lo que sus padres imaginaban ya que a la universidad sólo fue una o dos veces a lo sumo y nada más que para informarse de lo necesario en caso de que sus padres lo interrogaran a propósito de sus estudios, cosa que nunca pasó, ni siquiera después que él les escribiera para decirles que no era preciso que le siguieran enviando dinero, que ya había culminado su preparación y que pronto empezaría a trabajar. Ellos siguieron, sin embargo, enviando los giros con la misma regularidad, dinero que permaneció en su cuenta bancaria por varios años hasta que un día tuvo que hacer uso de él para una de las muchas operaciones a las que se sometería a lo largo de varios años antes de mudarse a este pueblo.

Sobre la mesita de noche un pequeño reloj pulsera brilló con una luz ambigua, metálica, al mismo tiempo que dejaba escapar un ruidito minúsculo aunque audible, agudo e intermitente. Las diez, se dijo con cierta preocupación, entonces dejó su quinto trago de la noche a la mitad sobre la cómoda y se dispuso a maquillarse. Se sentó frente al espejo de la peinadora y encendió un par de lámparas laterales que, agregadas al mueble, le daban al espacio un cierto aire de camerino de estrella de cine. Se detuvo un segundo en el reflejo que le devolvía la medialuna y exclamó: ¡qué ruina! Dio un largo suspiro que podía ser tanto de resignación como de amarga conmiseración y se dispuso a la tarea, que era también toda una liturgia de trazos realizados con una pericia que sólo dan los años. Disfrutaba, sin embargo, aquel delirio momentáneo que significaba dibujarse un rostro más lozano sobre la ajada superficie en que había devenido la piel de aquella cara acostumbrada a resistir sin embargo los embates del tiempo así como del conjunto de sustancias necesarias para disimular lo que está de más, para mentir lo inexistente, para iluminar aquello a lo que falta brillo, para suavizar lo que reluce en exceso. Y si el rostro era una ruina no lo era menos el cuerpo. Hacía años que había dejado de gozar de la ventaja que, a pesar de todo, otorga la juventud. Oprimido aquí, compensado allá, desproporcionadamente distribuido sobre la osamenta, aquella figura casi frágil y desgarbada había acabado reducida a un montón de piel colgada de cualquier modo sobre un esqueleto cuya altura en nada se acerca a lo que pudiera considerarse una estatura promedio. Había aprendido, con todo, a sacar provecho de sus escasos –por decir lo menos– atributos y tanto era así que aún hoy seguía ostentando el título de "Reina de la noche", moquete trillado, amén de cursi, que había ganado para sí en una noche remota en la cual fue elegida soberana en un desfile de feria de una conocida ciudad del interior del país. Pensaba en aquella época siempre que se maquillaba. Recordaba los pormenores de aquel triunfo y las consecuencias de ese acontecimiento, porque es sabido que todo cuanto nos pasa ha de traer consigo, tarde o temprano, sus consecuencias. Se había despertado aquella vez con una convicción en la mirada que era al mismo tiempo un reto y de muchos modos una osadía: iba a ser reina, se dijo, y no sólo se lo dijo sino que lo fue y aún en este momento, digan lo que digan, lo sigue siendo y eso es algo que siempre agradece cada vez que tiene la oportunidad de dar las gracias.

A las diez y media, como de costumbre, pensó en Reinaldo. Recordó, en un segundo, los años que vivió junto a aquel hombre y volvió a repetirse: fueron buenos, después de todo. Siempre era así, capaz de encontrar una flor en un lodazal. Donde estuviera, por oscuro y triste que fuese el lugar, siempre era capaz de descubrir algún brillo, alguna cosa minúscula que resplandeciera; entonces decía: todo es lindo en el fondo; las cosas nunca son bellas por sí solas, es a uno a quien corresponde buscar lo bello en cada cosa; todos tenemos, en fin, algo que nos salva, lo que hay es que saber mirar más allá de la superficie. A fin de cuentas, quién mejor que ella para decir estas cosas, para pensar de este modo, especialmente ahora cuando, de lo que alguna vez fue, tan sólo queda una partícula desgastada, una sombra desordenada y triste. Cinco minutos después ya había dejado de pensar en Reinaldo. Ya no pensaba nada. Esmerada en los últimos toques de maquillaje se ponía una gruesa capa de polvos sobre el alma como queriendo opacar el brillo de los recuerdos. Volvió a repetir: fueron buenos, después de todo, y no dijo más, no pensó nada más. Las manecillas del reloj seguían avanzando. Las once de la noche le sonaron en el pecho con un estruendo de campanas. Se levantó y fue a servirse otro trago cuando un enorme resplandor iluminó el cielo nocturno y entró por el balcón como una repentina y breve cascada de luz. Luego de la explosión siguieron los ruidos de las sirenas de los auto-patrullas y el griterío de la gente, gente corriendo, gente que huía y gente que se acercaba, curiosa, al sitio de los acontecimientos, ubicado tal vez una o dos cuadras más allá, en dirección al parque. Ni siquiera sintió ganas de asomarse al balcón, apenas dijo como constatando algo que le hubiese sido anunciado con anticipación: entonces era cierto. Vació el contenido de su copa en un solo trago y encendió otro cigarrillo. Se reclinó sobre la cama y permaneció un rato viendo cómo la luz que salía de la bombilla eléctrica daba brincos por entre la maraña de cristales que rodeaban la lámpara fragmentándose en pequeños trazos luminosos.

Cerró los ojos e intentó dormir al menos unos minutos. Quiso pensar en algo más pero no fue capaz, entonces se encontró con los ojos de don Rodrigo que ya empezaban a mirarla desde la muerte. Intentó recordar cuándo fue que lo vio por última vez. ¿Habrá sido anoche? No, anoche no. Don Rodrigo no visitaba el bar desde hacía un poco más de una semana, desde el anuncio, para evitar, usted sabe, Reina, no hay que darles chance, es mejor evitar. Él creyó que sería en el bar donde lo matarían pero no, lo mataron en su casa, en su misma casa. Fue en el negocio de don Rodrigo, había oído que alguien explicaba a lo lejos recién lo de la explosión. Ya ve, don Rodrigo, no iba a ser en el bar, como usted creía, y eso que yo le decía que no, qué va, no van a ser tan brutos para hacerlo delante de todos, para dejarse ver, aunque eso tampoco importa porque a ellos no se les da nada hacerlo incluso a plena luz del día porque nadie va a decir nada, porque han decretado el silencio y lo que hasta las piedras saben el pueblo entero lo calla. Menos usted, don Rodrigo. Usted se les había atravesado en las intenciones. Usted era una espinita que no los dejaba tranquilos y, para estarlo, tenían que sacarlo del camino y lo sacaron.

Al faltar un cuarto para las doce se levantó y fue hasta la peinadora. Se calzó dos enormes pendientes de fantasía en el lóbulo de las orejas y se acomodó un poco más el cabello. Luego de cerrar las puertas que dan al balcón tomó una estola de piel que se acomodó sobre los hombros, abrió la puerta de la habitación, descendió por la escalera apenas iluminada y salió a la calle. Recorrió en silencio las aceras vacías y se detuvo frente a una pequeña puerta iluminada desde afuera por una bombilla anaranjada. Golpeó apenas levemente y unos segundos después la puerta se abrió. Un hombre negro apareció en el umbral, tenía un rostro bondadoso en el que flotaba un par de ojos oscuros, profundos como un lago nocturno y tristes como la ausencia. Buenas noches, don Carlos, le dijo. Buenas noches, Flavio, contestó ella, y entró. ¿Abrimos?, preguntó Flavio. Abrimos, respondió ella, es decir, él. Es lo mismo, sigue siendo lo mismo.

[Enero, 2003]

MAMÁ SADIE RECUERDA

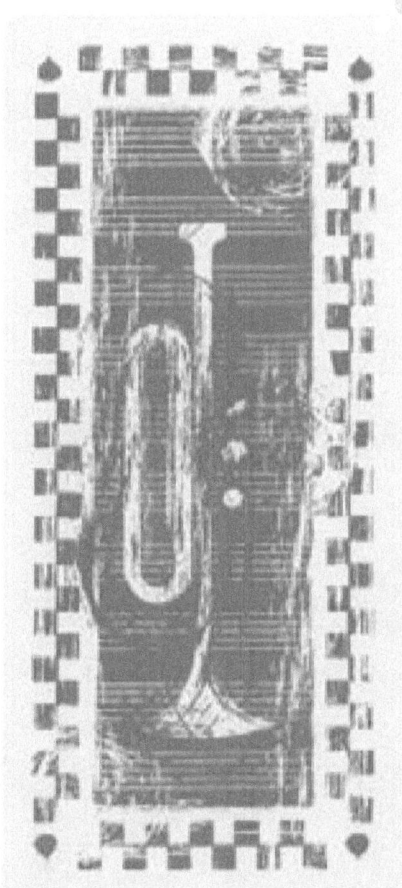

LA BEBA TIENE DIEZ AÑOS. QUIÉN LO DIRÍA. TIENE DIEZ años y se le ha olvidado sonreír. La Beba está triste. Siempre está triste. La suya es una tristeza larga como las notas que Clarence arrancaba de su oxidada trompeta por las noches, aquellas oscuras y frías noches de Baltimore. Él la llamaba Ely. Se quedaba mirándola y decía que en esta Beba hay, o había, algo, pero no sabía qué. Yo tampoco lo sé. La veo y me parece que está triste, pero no sé. Tal vez soy yo que la veo siempre a través de mi tristeza o son estos fríos muros de Baltimore que ponen en todo, en las cosas y en las personas, una tristeza húmeda y oscura como el llanto de los negros. Sin embargo no llora. La Beba está triste pero no llora. Seguro que es esta piel y este olor constante a musgo y humedad lo que no nos deja llorar. Estamos tristes y cantamos. El dolor de los negros se parece a una música lenta y melancólica, prolongada, rasgada, sangrante..., sin embargo siempre brillante y lúcida como los ojos de la Beba, que sigue estando triste. No se agita como los otros niños. Se está siempre quieta, como pensando, pero ¿qué puede pensar la

Beba si apenas tiene diez años? La Beba ha dicho que un hombre la estuvo tocando, que la estuvo tocando y le hizo daño. La Beba podrá estar siempre triste pero no miente. Duele mucho, Sadie –me dice Sadie, nunca mamá, en eso también es diferente–. La Beba no es como los otros niños. Se está siempre sola y casi nunca dice nada pero esa vez me dijo duele mucho, Sadie. Ese hombre vino y me tocó aquí y luego me hizo salir sangre y me dolía, Sadie, me duele mucho. Una se acostumbra a todo, al dolor, incluso, pero la Beba tiene tan sólo diez años, papá no está para defenderla y yo he tenido que dejarla sola, algunas veces, para ir al trabajo. Aquella tarde llegué y la encontré triste, como siempre. No estaba llorando, sólo triste, con una tristeza que amenazaba durarle toda la vida. Me puso en la cara sus hermosos ojos negros y me dijo me duele, Sadie. Entonces se me vino encima un dolor que debió haber terminado en un llanto desbocado y profundo, pero me contuve. Me contuve porque la Beba seguía allí, frente a mí. La Beba estaba allí, y le dolía, y le dolía más porque no entendía por qué alguien podía haberle hecho esa cosa horrible. La Beba allí, con los ojos clavados como agujas en mis ojos, me daba una lección. Entonces seguí así, callada, sin decir nada hasta que se quedó dormida. Ahora no estoy segura pero creo que aún dormida se le veía triste. Me preguntaba por qué tenía que pasarle esto a una Beba de diez años. Deseé haber matado si eso hubiera servido para borrar de su rostro esa tristeza dura como piedra, una tristeza que se acentuaba cuando decía me duele, Sadie. Pero estamos solas y Clarence no ha vuelto por aquí a agitar, con las oxidadas notas de su trompeta, las dolorosas noches de Baltimore.

Ahora que la Beba tiene quince años he decidido llevarla a Nueva York. Tal vez en la Gran Manzana empiece a olvidar. En todo caso está decidido. La Beba tiene ahora un cuerpo esbelto y una piel tersa y luminosa como piel de tambores tensados por manos de dioses. La Beba es ahora alta como Clarence y quiere ser bailarina. Si tenemos suerte en esa ciudad tal vez deje de estar triste, la Beba, y empiece a sonreír. Me pregunto si la Beba habrá olvidado. No lo sé. No hablamos mucho. Cuando quiere consultarme algo me dice Sadie, tal cosa, como lo ha hecho siempre, espera mi respuesta y nada más, no replica, no dice nada, apenas mira con ese par de perlas negras que tiene en los ojos, única cosa que nos dejó Clarence, claro, y a la Beba, además, la raíz de la tristeza. Ahora sé que su tristeza es eterna como la tristeza de un músico de *blues*. Pero vamos a Nueva York y allí van a cambiar las cosas. En la Gran Manzana olvidaremos Baltimore, sus calles, sus muros húmedos y mugrientos, y aquellas notas como quejidos que lastiman el alma y el aire y hacen que a la Beba le brillen los ojos, un par de ojos oscuros como agujeros negros temblando en la tela del infinito.

Estoy pensando en la Beba, como siempre. Estoy pensando en Ely, como la llamaba Clarence. No se me ocurre otra cosa como no sea pensar en ella mientras oigo el sonido lejano de una trompeta, las lentas y acariciantes notas de la trompeta de aquel negro que tocaba tan bien. Pienso en ella y en la mente me resuena siempre una música triste. Nadie ha vuelto a llamarla la Beba, como yo, y seguramente tampoco le dirán Ely, como Clarence solía hacerlo. Ahora sé que le dicen Lady Day, y eso tal vez me gusta, aunque yo nunca podré llamarla así. Para mí seguirá siendo siempre la Beba y en mi recuerdo nunca dejará de tener diez años. Se tienen diez años sólo una vez en la vida pero para mí la Beba tendrá siempre aquellos diez años terribles en los que le tocó conocer el dolor y la violencia de los hombres, aquellos diez años eternos con cuya imagen se me ha quedado detenida en la memoria.

Después que anduvo buscando trabajo como bailarina no supe mucho más de ella. Vivíamos juntas, pero hablábamos poco. La Beba llegaba, como siempre y, sin apenas decir nada, se instalaba a oír la radio, aquellos célebres programas en los que todo eran sonidos sincopados, trompetas atacadas con furia y la voz de Bessie Smith equilibrándose en las alturas de un melancólico y eterno blues. Nunca me dijo nada. Supe que empezó a trabajar como cantante mucho después. Un día le dio por aprenderse de memoria las canciones que ponían en la radio. Primero las tarareaba, luego las cantaba bajito, como en un susurro, pero con una dicción perfecta. Poco a poco aquellas canciones iban haciéndose un lugar en su garganta. Ella las moldeaba a su antojo. Las canciones que cantaba entonces, de algún modo, renacían en su voz, aquella voz quebrada, rasgada, una voz que se le había afincado en la garganta desde que la Beba tenía apenas diez años.

Mucho tiempo después supe que entonces había estado trabajando en el Pads & Jerry, aquel local oscuro de la calle 52. Después pasaría al Long Cabin y de allí el gran salto. Pero la Beba no estaba para dar saltos. A los dieciocho años la Beba seguía teniendo diez. Como nunca había llorado, ahora cantaba. Estoy segura de que cada canción que salía de su garganta debió sonar siempre como un lamento. Yo nunca la había oído, sin embargo. Es que hablábamos muy poco. Bastaba mirarla a los ojos para desistir de cualquier comunicación. Era suficiente mirar aquellos ojos para descubrir al instante su tristeza, una tristeza eterna, la misma que descubrí en su rostro mucho antes de haber cumplido los diez años, mucho antes, incluso de que me dijera un día me duele, Sadie, me duele mucho. Y a mí también me dolió y me sigue doliendo y me duele más, mucho más ahora que la gente dice que la Beba anda metida en un asunto que llaman de estupefacientes, así me lo dijeron y es probable que la dicha palabra suene en verdad peor de lo que es o pueda ser, el caso es que yo no alcanzo a imaginarme a la Beba haciendo nada malo. En los locales donde canta habrá podido conocer mucha gente pero para mí la Beba nunca dejará de ser la Beba ni dejará de tener diez años, aunque ahora sea famosa, aunque ahora se haya ido para casarse con aquel saxofonista de Harlem. Yo no estaba de acuerdo, pero no fui capaz de decirle nada. Tal vez porque no hubo nunca entre nosotras demasiada comunicación, o tal vez por su silencio, ese silencio suyo con el que llenaba los rincones de la casa y que sólo rompía con ese hilillo de voz que llevaba siempre colgando de la garganta, especialmente cuando le daba por cantar. Debí habérselo dicho. Debí decirle que no me gustaba aquella relación con ese músico. Una nunca debía casarse con un músico y menos con un músico negro. Los músicos, especialmente los de color, viven la vida a saltos, como si bailaran sobre un piano. Por las noches se despiertan y dan golpes leves con los dedos en el borde de la cama; de pronto saltan como sacudidos no se sabe por qué fuerza extraña y cuando te das cuenta sólo alcanzas a atisbar en la penumbra una luminosa hilera de dientes, como las teclas blancas de un piano pendiendo en la oscuridad y luego, entrecortados como jadeos, una sucesión de acordes largos y tristes que acaban por despedazarte el sueño. Esa no es vida, pensaba mientras miraba a la Beba, pero no se lo decía. Ella sonreía como queriendo interrogar mis pensamientos y se dibujaba en su rostro una especie de ternura única que le empezaba en los labios y terminaba siempre en el abismo insondable de sus ojos, esas dos perlas negras que tanto me recuerdan a Clarence.

Clarence vino un día en que la Beba no estaba. Se me ha quedado mirando largamente y sin decirme nada. Sus ojos tenían un lenguaje silencioso y en la boca le temblaba una frase que seguramente le dolía pronunciar. No dijo nada, pero cómo me habló aquel día con aquella tristeza de ojos por los que se puede ver el alma transparente de un negro. Lo supe todo, la angustia de estos años y el dolor de no poder tenernos junto a él todo el tiempo. La tristeza se le escurría de la mirada como una música que improvisaba el corazón y que yo sentía resonándome fuerte en las entrañas. Algo batía violentamente dentro de mi pecho amenazando con salírseme por la boca. Yo me afanaba en ocultar lo mucho que me habría gustado decirle cuánto nos hizo falta, pero pesaban más los recuerdos y al final logré sobreponerme y seguir allí, contenida, apagada, como la cuerda de un bajo retirada del instrumento. Luego de unos minutos Clarence se marchó. Aquella fue su despedida. Siete años después murió Dios sabe cómo y ahora entiendo que en aquella oportunidad había venido a decir adiós, a despedirse dejándome grabada en la memoria su hermosa piel negra y el brillo de unos ojos que me seguirían mirando así por el resto de mis días. Esto lo sé ahora porque yo misma estoy descubriendo lo que se siente al filo del abismo. Pronto todo habrá terminado para mí y no me importa. Está bien morirse. No tiene nada de particular. Es apenas como si alguien, en alguna parte, dejara de soplar o de tañer un instrumento. Y ya está. Sobreviene un silencio cálido y necesario. Un tremolar leve de hojas en otoño, un delicado pliegue del viento sobre un mar infinito y extenso como la noche y entonces todo habrá concluido. No más el frío que entra sin avisar por las ventanas. No más la angustia de una espera eterna. No más tristezas ni desvelos, no más la vida. Pero me duele la Beba, de quien apenas he sabido casi nada en los últimos años. Desde que se casó con aquel saxofonista a quien todos llamaban "prez" perdí el poco contacto que teníamos y empezó la ausencia a recorrerme el alma.

Una vez llegó un paquete. Era un paquete con discos. Discos grabados por la Beba. Yo nunca había oído grabaciones. La música que oí la escuché siempre directamente de músicos que se agitaban junto a sus instrumentos. Pero como nunca había oído a la Beba me emocioné mucho. Eran tantos. Pensé en las muchas horas, tal vez días, que demorarían grabándolos y me asombré como una niña ante el hecho de tener allí, en cierto modo, a la Beba junto a mí. Allí estaba su voz como yo la recordaba. Allí estaba Ely, la Beba, con su diminuta voz diciéndole al mundo su tristeza en forma de canciones. Yo he dejado en el mundo una Beba de diez años y el mundo me la devuelve atrapada en una pesada lámina de acetato, oscura como aquella noche de Baltimore que vio su nacimiento y redonda como la luna que iluminaba, triste, las quejas de Clarence en su trompeta. Allí estaba la Beba, sin embargo.

He visto las angustias de la guerra. He visto la tristeza y el dolor de los hombres que regresan de la guerra y el aterrorizado rostro de quienes han encontrado la muerte bajo una lluvia de balas en medio del espanto. He visto a la Beba cantándole a un regimiento. La he visto alegrándole el alma por un momento a tantos que días después habrían de morir. He sabido que la Beba era feliz entonces. La vi sonreír y me parecía un milagro. Nunca dejó de estar triste, pero descubrió una manera de hallar la felicidad cantándoles a los hombres de la guerra, a los muchachos del regimiento. En los clubes de la calle 52 era distinto. En Harlem el paisaje humano es muy extraño y la Beba seguramente nunca se acostumbró del todo a él. Sus canciones no parecía que se las aprendía, parecían salirle así del corazón y así la escucharon los soldados en aquel verano del 42. La Beba cantó *God bless the child* y un apuesto joven con ojos de un color como las aguas del Mediterráneo, de un azul lánguido y melancólico, lloró con cada frase que salía de la garganta de la Beba, a quien Clarence llamó Ely, por Eleanor, mi querida Beba, la de los diez años eternos.

No entiendo cómo es posible esto ni por qué razones habría de ser cierto que la policía ande buscando a la Beba. El mundo entero tiene una deuda con mi Beba, los hombres en especial, porque teniendo apenas diez años supo de la maldad humana. Sin embargo la Beba no les recrimina y canta. Hoy la persiguen. Hay un desmedido afán por perseguir a quienes llevan la tristeza colgando de la garganta. La Beba, que debería ser toda silencio, es toda música y canta. La Beba sólo canta, y tal vez en cada canción recuerde. Porque ahora estoy segura de que no ha podido olvidar. Tal vez no ha querido, esto no puedo saberlo. La escucho cantar y sé que una cosa no ha pasado por su vida: el olvido. Es incomprensible pero hay hombres que siguen a la Beba dondequiera que vaya. Son policías. La siguen. Siguen a una Beba que ha sabido de la crueldad de los hombres y sin embargo va y les canta porque sabe que tal vez muchos de ellos deban morir mañana. Con la Beba nunca hablé de la muerte –es que hablábamos tan poco– pero sé que no le teme. Más bien pareciera buscarla. Juega con la muerte. Parece gustarle sentirse siempre al límite del abismo. Pero no es mala la Beba. ¿Cómo podría serlo? Los hombres no entienden. Esos hombres son policías y la acosan. La siguen por consumir estupefacientes. No sé qué cosas pasan por la cabeza de la Beba a esta hora pero estoy segura de que ellos no entienden. ¿Por qué se habrá casado la Beba con aquel saxofonista de Harlem?

Nunca he sido muy buena recordando. Los nombres se me escurren de la memoria y con ellos los rostros hasta no quedar más que un leve trazo en el recuerdo, una breve conciencia de haber conocido una vez a alguien que se llamaba así o de este otro modo. Pero hay dos rostros que nunca voy a olvidar: uno, el de Clarence, y el otro el rostro de un músico negro llamado Louis Armstrong. El de Clarence porque fue el primer hombre que conocí cuando apenas tenía trece años y a quien amé hasta el último momento de mi vida. Los ojos negros de Clarence me han seguido observando a través del rostro de Ely en cuyos ojos acabó por repetirse aquella mirada que era, que es, de una profundidad inexorable. Con aquel otro músico –cantante y trompetista– me ocurrió algo muy distinto. Una vez fui con Clarence a verlo tocar en un local de Baltimore y no sé qué energía tenía pero me cautivó profundamente su música y esa voz áspera y desordenada que sonaba como tambores desgarrados rodando. Nunca pude olvidar aquella noche, aquella velada junto a Clarence ni el rostro de aquel trompetista. Todavía me parece verlo aferrado a su instrumento, sonriendo y abriendo los ojos desmesuradamente. He sabido que la Beba ha hecho una película junto a él. Ha sido una coincidencia el que llegaran a conocerse. No sé cómo habrá sido, pero han hecho una película y hacer una película no ha de ser cosa fácil. La Beba parece poder llevar a cabo cualquier cosa que todo le resulta bien. La Beba es capaz de hacer cosas increíbles. En ella hay, como decía Clarence, algo, y aunque no podamos saber qué, sabemos que es bueno y es así porque ella lo demuestra a cada rato aunque sea sólo a través del acto simple y cotidiano de vivir. Lo de la película lo supe en un diario. Allí también se referían a ella como Lady Day. Traté de llamarla así, traté de decirle Lady Day, bajito, muy bajito, como en un susurro, sólo para que me pudiera oír desde el recuerdo..., sin éxito. No se me ocurre decirle de otro modo. Trato y se me sale la Beba..., o Ely. Prefiero la Beba. A fin de cuentas ella seguirá siendo, en mi memoria, sólo una Beba de diez años a quien un día cualquiera le dio por cantar.

Siempre me enteré de todo, siempre supe por dónde andaba la Beba y por qué y con quién. Siempre supe de ella más cosas de las que la muerte y la distancia me habrían permitido. Por eso sé, por ejemplo, que aquellos dos viajes a Europa los hizo más por huir del acoso de la policía que por verdaderas ganas de conocer más mundo, de ver otras cosas. El asedio se había intensificado a finales de los cuarenta. Durante esos años cantaba mucho y grababa constantemente. Aquí y allá pedían a la Beba. Querían la voz de la Beba, de Ely, querían la voz de Billie Holiday, como finalmente la conoció todo el mundo, la voz de Lady Day, la voz de una Beba de diez años que alguna vez fue y le cantó al ejército norteamericano para aliviarles la tristeza ante la inminencia de la muerte. Ya todos la querían para entonces y la querían mucho más luego de aquella célebre velada en el Metropolitan cuando cantó, con una refinación que ya nunca más tendría –según dijeron los diarios– una inolvidable versión de *I love my man*. En 1954 cantó en París y otra vez en 1958. Pero ya la Beba no era la misma. Aunque para mí siguiera teniendo diez años, aunque para mí siguiera siendo siempre mi Beba, mi Ely, la adorable Eleanor de ojos como dos abismos y labios inflamados de tanto dejar salir el alma por la boca en las canciones. Ya no era la misma. Su mirada se extraviaba en las alturas de un no sé qué que acababa por hacerla lucir extraña, como si el alma le flotara siempre en una nube de alucinaciones o de misterios. Su canto entonces, toda ella, parecía un gemido, un lamento proferido por alguien que desea abandonar la vida cuando ésta ha dejado de sernos grata. Yo conozco a Ely. Yo sé que la Beba nunca ha sido mala. No sé por qué la acosan. Ahora mismo la están esperando aunque saben que es inútil. No se entienden esas ganas de perseguir a alguien a quien la tristeza ha perseguido desde siempre. En el invierno de 1959 la Beba decidió no cantar más, y nunca más lo hizo. Ahora me duelen su silencio y su ausencia. Por las mañanas pienso que ya nada volverá a ser como antes, que la muerte ya nunca será la misma sin la Beba, sin su voz de diez años, sin ese sollozar entrecortado que era su voz en la garganta de una Beba que nunca dejará de tener diez años.

En alguna parte alguien golpea con tristeza las teclas de un piano. Reconozco cada nota, cada giro, cada golpe de martillo sobre las cuerdas tensadas dentro de la enorme caja de madera. Reconozco la canción. La oí en uno de los discos de la Beba y en julio del 59 un diario dijo que con ella Billie Holiday se había despedido del mundo. ¿Cuántas canciones llegó a cantar la Beba? No lo sé. Nadie podría saberlo. Al despedirse dejó salir de su boca, como en un lamento, *Baby won´t you please come home*?

[Enero, 1998]

UNA DE ESTAS NOCHES

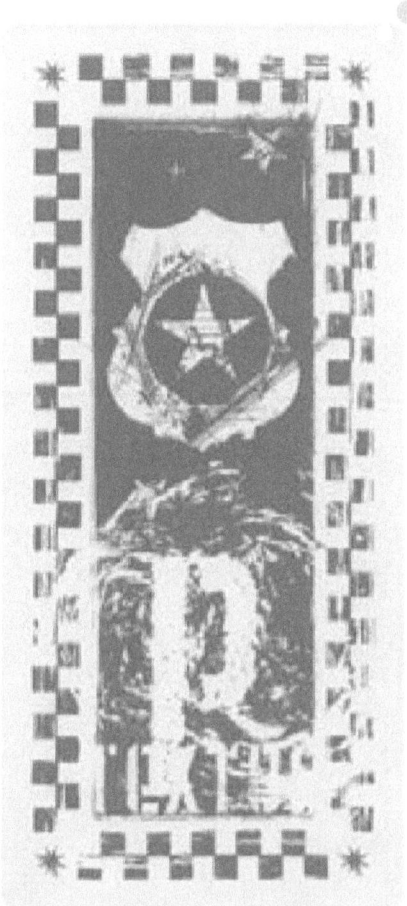

USTED, DON ARCADIO, NO SE DIO CUENTA DE ALGO: QUE yo sí me di cuenta de todo; aunque usted siga creyendo que no, diciendo que no, empeñándose en negar, en negarse, aferrándose seguramente a alguno de los postulados establecidos en el libretico aquel que le dieron y que tal vez habrá memorizado en uno de esos cursitos que dictaban en el Comando, uno de esos cursitos que probablemente se llamarían, si es que pudieran llamarse de algún modo, fundamentos actitudinales... No, mejor principios de comportamiento para efectivos en comisiones especiales de servicio. En fin, que usted sabe que invento puesto que no se llamaban así, nadie los tituló de este modo porque en el Comando no hay quien titule esos cursitos de esta manera y si lo hubiere nadie se enteraría, como nunca se van a enterar de que el tiempo verbal que acabo de emplear, el presente del subjuntivo, hace tiempo que no se usa en nuestro idioma; está caduco, quedó abandonado, jubilado, en retiro, como también está en retiro o jubilado, no sé, su compadre, aquel que lo recomendó para que fuera aceptado sin muchas requisiciones en uno de esos cursitos de los que le venía hablando, el mismo que alguna vez iría hasta su casa para decirle anímese, compadre... Sí, ¿no?, así le dijo o le habrá dicho, yo no sé, es que yo también soy como usted que nunca sabe nada, yo también voy por la vida negándolo todo, como usted, y también como usted especialmente cuando nos conviene... En fin, dispénseme si me extravío en otras cosas y no se angustie que ya retomo el hilo, este hilo loco del que cuelga su vida y la mía, el mismo hilo del que está pendiendo la humanidad entera sin darse cuenta de que sobrevive haciendo acrobacias desquiciadas sobre el abismo.

Le dijo: Anímese, compadre, que eso le va a servir. Sí, así lo habrá dicho, habrá dicho le va a servir en lugar de usar el condicional que resulta más prudente y no asegura nada, entre otras porque en esta vida, tan insegura e imprevisible, uno no puede ir por ahí asegurando cualquier cosa, lanzando frases a mansalva como pronósticos infalibles. Debió haber dicho: Anímese, compadre, que eso le podría servir, y de este manera considerando el asunto como cosa probable pero dejando al mismo tiempo un inteligente espacio para la duda porque, a fin de cuentas, nunca se sabe, ¿cierto? Y entonces usted fue y se inscribió y aunque todavía no ha sabido bien qué tanto le ha servido el fulano curso, si es que le sirvió, sigue sin darse cuenta, don Arcadio, de que yo sí me di cuenta de todo, tanto que hasta puedo decirle, o rezarle como si fuera un rosario, lo que usted estaba pensando mientras le hablaba de mí aquella noche, don Arcadio, o Rosales, en fin, Rosales, como sea, como se llame... Mientras yo le iba contando lo que le iba contando en su carro, ese carro tan bonito que usted tiene y del que dice, sin que venga a cuento y sin que nadie se lo pregunte, que está pagando con mucho sacrificio aunque muy probablemente haya sido comprado con dinero del Estado, con fondos provenientes de una de esas partidas destinadas a asuntos especiales, según creo yo que tengo siempre por costumbre aplicar aquello de piensa mal y acertarás. Pero yo no estaba pensando mal, ¿cierto? Más bien, bien. Estaba simplemente sacando conclusiones que, déjeme que se lo diga ahora, resultaban simples a fuerza de obvias.

Yo le iba poniendo la mesa mansamente, le iba acomodando la historia así, facilito. Le hablé, le conté lo que usted sabe que le iba contando y que son cosas de las que no me arrepiento, y por qué me habría de arrepentir si a fin de cuentas yo nunca me arrepiento de nada. Le hablé así, de tantas cosas, que ya no sé, no las recuerdo; recuerdo, sí, que le hablé de mí, le serví mis datos en bandeja de plata, le dejé enterita toda información sobre este su servidor, diciéndole tranquilo, optimista, esta es mi tarjeta, don Arcadio, y usted: déjeme guardarla aquí, por si acaso, por cualquier cosa...

y yo: pero claro, don Arcadio, que por supuesto, que llamara alguna vez si creía que pudiera serle útil de algún modo, que encantado que cómo no que no faltaría más... Y usted pensando claro que me vas a ser útil, pendejito, y mientras pensabas de ese modo los ojos se te iban poniendo chiquitos, chiquiticos, ojitos malitos esos ojos suyos, don Arcadio, dañaditos, ojitos de policía, don Arcadio, o Rosales, en fin, como sea...

Usted dejaba entrever sus intenciones con un solo guiño de esos ojos que aprendió a entornar así, de a poquito, ojitos a medio cerrar, ojitos por los que se le escurren las malas intenciones sin que usted pueda darse cuenta y sin que sea capaz de evitarlo. Yo no don Arcadio, mis ojos miran es de otro modo, mis ojos se abren como queriéndolo atrapar todo y, ¿sabe qué?, a veces lo atrapan. Estos ojos míos no se parecen a los suyos don Arcadio, y menos mal, o si no qué tal, no podría ver lo que he visto ni podría decirle ahorita que sé lo que sé y que usted todavía no termina de creer porque usted no cree nada, no quiere creer nada porque no le da la gana no más, como un niñito necio, como un puerquito emberrinchado que no acepta más razón que su razón. Usted es así don Arcadio, usted no sabe ser de otro modo y es una lástima porque uno no debería dejarse ver el alma así, tan al desnudo, de un solo vistazo, de un solo manotazo de ojos, de una sola mirada escrutadora como la mía, como es esta mirada mía que apunta es a las intenciones que se acomodan debajo de un rostro, debajo de esa sonrisa-máscara que usted se quiso acomodar sobre el semblante pero que no le sirvió de nada porque yo, como le dije, voy por la vida mirando intenciones, leyendo los subtextos, los intertextos, los metatextos, desentrañando entre tanta palabrería inútil, impostada, entre tanta frase de mampostería, entre tanta gramática prefabricada y torpe, la raíz del asunto, haciendo ejercicios de semántica aplicada para leer entre líneas, en el falso discurso, el verdadero mensaje. Yo soy así, don Arcadio, qué le vamos a hacer, no puedo ser de otro modo. Es que me envenenaron el cerebro, me lo convirtieron en una máquina para desenmascarar intenciones, me lo alimentaron con algoritmos de descifrado y otros asuntos. Usted me habla de cualquier cosa y yo lo que estoy es aplicando principios de hermenéutica a su discursito. Qué le vamos a hacer, es así y yo entiendo que usted, Rosales, esté molesto porque en el Comando no lo prepararon para esto, en fin, déjeme decirle que no es que no hayan querido, a lo mejor querían, créame, pero no tenían cómo; a lo mejor hasta lo intentaron pero usted no dio la talla. Es probable que estos terminejos estuvieran incluidos en el material que le dieron en alguno de esos cursitos, don Arcadio, pero usted los fue dejando pasar porque sí, por pereza. Los habrá visto y diría, qué mierda es esta, y así, sin más, pasó la página. Eso es para que aprenda,

Rosales, que uno no puede ir por la vida pasando páginas, dando el paso siguiente sin verificar el anterior, parándose irresponsablemente en el próximo peldaño sin asegurarse de que el que le antecedió estaba suficientemente firme. Eso es para que aprenda don Arcadio, para que aprenda de una vez y para que no joda, que yo no voy a estar aquí toda la vida para corregirle sus errores ni para darle consejitos; no faltaría más.

Cómo es la vida, ¿no? Usted que pensaba empezar y terminar su informe como siempre, como casi todos los días, con la frasecita aquella que dice... ¿Cómo es que dice? Ah, sí: sin novedad. Sí, ¿no? Sin novedad. Pues no. Esta vez no le sirvió, no le va a servir, porque esta vez sí hubo novedad, lo cual quiere decir que sí hubo cosa nueva, distinta de lo habitual, algo que contradecía la norma y la norma ha de ser que no pase nada, aunque pase, porque eso es tan relativo, ¿cierto? La novedad, lo novedoso, depende de lo que implique y de a quiénes implique. Ustedes dicen sin novedad como dicen qué calor hace. La frasecita se les ha hecho una fórmula manida, manoseada, prostituida. Sin novedad, mi comandante, dicen, aunque haya novedad. Son tan mecánicos que dicen estas cosas por decirlas, las repiten como cotorras porque así las aprendieron, y tan necios como una lora vieja, bueno, como algunas loras, porque hay unas que saben lo que dicen y uno piensa que son sabias, como aquella que doña Ana tenía en el jardín de su casa que no más veía pasar un uniformado armaba tremendo alboroto y gritaba: ¡policía marica! Era genial aquella lora. Por años despertó al vecindario con su consigna hasta que la mataron. Nunca se supo quién la mató aunque yo tengo mis sospechas. Un día de estos me animo y voy y le pregunto sobre el asunto al distinguido González, que por entonces vivía, solo, en la misma cuadra de doña Ana. A él o a uno de sus amiguitos que, según comentaban en el barrio, eran muchos. Qué lengua, ¿no?, quiero decir, qué mala lengua la de la lora, claro, no vaya a creer.

Usted va a pensar que soy un fresco, don Arcadio, pero no sé. Voy a serle sincero, le dije, ¿sabe qué?, yo también. ¿Que también qué? Pues también. Que también me aliño un poco a veces con un toquecito de polvito, de ese polvito blanco que aquí llaman perico pero que no se llama así en Medellín porque allí el perico es otro asunto, perico en Antioquia es café con leche y como ve no tiene nada que ver una cosa con la otra. Como le decía, yo también. Y por eso ahora le pregunto, ¿puedo? Quiero decir, si puedo en su carro, aquí, ahora. Y usted dijo que sí, dijo que sí porque cómo iba a decir que no. Claro, no faltaría más, que yo entiendo todo, me dijo, y agregó, no se preocupe que yo soy serio. Así dicen aquí, yo soy serio, o aquel fulano es serio o, tranquilo que ese man es tremendo serio. No sé qué tanto tendrá que ver la seriedad con la discreción pero así son, así dicen, y diciendo hacen que las palabras muden de sentido, van tergiversando la semántica sin percatarse de ello, sin darse cuenta de nada, son como usted, don Arcadio, o usted es como ellos, que no se dan cuenta de nada, que no entienden nada y todo lo trastocan, como cuando yo le estaba hablando a usted del autocontrol, de lo necesario que era saberse controlar y a usted se le iluminó el rostro y supuso que yo estaba intentando una manera de llegarle a un temita que usted estaría esperando por lo que se le vio en el rostro y que ya dije pero no, yo me refería a otra cosa pero usted le dio a la palabra control la única acepción que usted parece conocer o al menos la única que parecía interesarle. Yo intentaba explicarle y usted convencido de que lo que yo quería era confundirlo para salir del paso, para obviar el tema, para sacarle el cuerpo al asunto, para sacarle el cuerpo, sí, o para sacarle el culo, que así también se dice por aquí queriendo decir que uno quiere evadir o evitar algo, una situación, una persona, en fin. Pero yo no estaba sacándole el culo a nada, Rosales, yo intentaba era explicarle pero usted no quería, no podía, no le interesaba entender. Qué vaina, ¿no? Qué vaina con usted, don Arcadio, si todo pudo haber sido tan distinto pero no, usted no dejó que fuera distinto, usted quiso que fuera así y así fue.

Lo que me tocó fue sincerarme más con usted. Vea, Rosales, le dije. ¿Recuerda lo que le dije? Le dije, vea, Rosales, yo no necesito controlar. Que por qué, dijo usted.

Ah, por una razón muy sencilla. ¿No cae? Y usted no caía, primero, pero después cayó y yo le aclaré todavía más el asunto por si las dudas, le dije: vea, cuándo ha visto usted que un jíbaro necesite a otro jíbaro. Y usted se rió de mi ocurrencia y celebró mi sinceridad y se rió más, mucho más, y eso era porque seguía creyendo que yo no me había dado cuenta de todo, don Arcadio, pero ya ve que no era así, Rosales, y qué lástima, ¿no?, pero así son estas cosas, usted lo sabe, o al menos lo sabía.

Usted sí que sabe reírse, don Arcadio, le dije. Usted es pura risa y, ¿sabe?, tiene una risa hasta de lo más bonita. Bueno, piense lo que quiera, le dije y le dije también que no, que no me importaba si pensaba que yo era marica, que tranquilo, que pensara lo que le diera la gana, lo que mejor le pareciera que, fresco, don Arca, a fin de cuentas qué. Pues nada. A fin de cuentas nada. A esas alturas cualquier cosa que yo le dijera estaba segura, yo sabía que no iban a salir de su boca, como usted se empeñaba en asegurarme pensando que yo sí que le había tomado confianza y claro que le había tomado confianza, tanta que vea hasta dónde hemos llegado juntos. Esto sí que es mucha confianza, ¿no?, Rosales. Es que sí son muchas las cosas que se pueden hacer en toda una noche. Eso es para que usted vea cómo se puede hacer rendir el tiempo, cómo se puede aprovechar cada instante, cómo es posible pasarla bien cuando uno quiere pasarla bien y encuentra con quien. Y yo encontré.

Lo que es la confianza, ¿no? Yo confiaba en que usted seguía sin darse cuenta de que yo sí me había dado cuenta de todo, y usted confiaba en que yo iba a seguir así, como iba, hasta que usted decidiera tomar las riendas del asunto pero no, don Arcadio, Arcadito, te equivocaste mijito, te equivocaste de conejo, te salió avivado el pendejito y se te volteó la tortilla. Pero disfrutaste, ¿no? Claro que disfrutaste. Si se te veía en la cara. Si hasta te emocionaste y todo y volviste a preguntar si era cierto que tu risa me parecía bonita y yo, pero claro, más que bonita, tenés una risa de la puta madre, Arcadio, Arcadito, una risita tremenda, hasta provocadora y todo. Y vos ensanchando aún más la risa, iluminando aún más ese rostro tuyo iluminado, esa luna rosada que tenías por cara. Brindamos por tu risa con cerveza y tu cuerpo se inclinó hasta quedar apenas a un brinco de mi cuerpo y esta boca mía fue a perderse en esa boca suya don Arcadio y ahí sí ya no sé cómo fue que no me hundí en el abismo, sólo sé que del abismo me sacaron sus ojos, esos ojitos que ya no estaban entornados sino cerrados, don Arcadio, Arcadito, cómo besabas, ¡coño! Cómo besabas, pendejito, cómo temblaban esos labios tuyos, esos labios tibiecitos y confiados, Rosales, labiecitos de policía, don Arcadio, Arcadito.

¿Sabe una cosa, Arcadio? Es que yo ni siquiera soy gay, o marica. Marica, lo que se dice marica, no. A mí las que me gustan son las mujeres. Pero usted sabe cómo es esto. Usted sabe que es así. Uno aprende a echar pa'lante con todo, con lo que salga. Uno no le hace asco a nada ni a nadie... Bueno, depende, tampoco es así. Todo depende, ¿no? Todo tiene su momento, su circunstancia, pues. A uno le toca hacer muchas vainas en la vida. Usted sabe que es así, y la vida tiene sus vueltas raras, como decía Dixon, El Gato. Uno lo veía y era todo un varón, serio y todo. De lo más serio, de lo más hombrecito era El Gato, con su mujer y es más, hasta con su mocita, Isabel, que estaba más enamorada que el diablo. Se gastaba su pinta, El Gato, y traía medio embobadas a unas cuantas muchachas de la cuadra, a las que se les iban las babas por el bobo, por El Gato, por Dixon, dizque por esos ojos verdes, por esa mirada tan bonita decían ellas. Sería muy bonita esa mirada y muy macho y muy relindo el Dixon, El Gato, pero lo que casi nadie sabe es que en la cárcel al Gato le tocó convertirse en gata porque a uno de los duros de Santa Ana le dio por enamorarse del pelado y se empeñó en que fuera su mujer, y el otro hasta a maullar habrá aprendido porque qué más, tuvo que convertirse en la mujer del tipo pues de lo contrario lo que estaba era marcando calavera. La vida tiene sus vueltas, decía El Gato, y si alguien podía decir esto era él. Cuando salió volvió a ser El Gato. Volvió a lucir sus ojos verdes por las calles, a arrastrar su mirada por los bares de la ciudad buscando a sus muchachas, las de siempre, las que tanto lo adoraban. Pero ya las cosas no fueron iguales. Algo le habrá pasado. Algo le habrá cambiado por dentro porque ahora las ganas le arrastraban pa' otro lado y arrastrándolo hicieron que de nuevo volviera a caer en la desgracia. Empezaron a gustarle los muchachos, los muchachitos, los más jovencitos, y de este gusto que llegó a hacerse más bien una obsesión se desprendieron los hechos que habrían de llevarlo a estar nuevamente tras las rejas. En uno de esos arrebatos le dio por probar la carne fresca de un carricito, de un muchachito de apenas diez añitos, sordo y mudo el bobito para mayor desgracia. Por la fuerza lo habrá sometido porque el muchachito, con el rostro retorcido por el dolor y sangrando por la entrepierna, empezó a gritar e hizo que vinieran en su ayuda unos vecinos. Lo dicho, cayó en desgracia. Lo encontraron violando al muchachito y ya no tuvo pa' dónde agarrar. Nuevamente tras las rejas. El Gato volvió al encierro. Está encerrada La Gata. Quién sabe quién encenderá, de noche, el brillo de aquellos ojos verdes que tanto gustaban a las muchachas.

[Abril de 2002]